U0147948

第 3 版

科技論文寫作與發表

Scientific and Technical Paper
Writing and Publication

毛正倫 編著
Jeng-Leun Mau

三版序

　　本書《科技論文寫作與發表》自 2009 年初版，再自 2012 年二版至今已有 9 年餘，受到國內許多大學院校相關科系的支持與援用，也感謝許多教授科技論文寫作之教師們的鼓勵與指正。筆者秉持著「日新月異」、「精益求精」的求知精神，延續前兩版的精要，做以下之更新與修正：

1. 加入新的「開放取用期刊」的介紹，此由作者付費發表在網路上，供讀者自由取用。這在科技論文領域造成很大的影響。

2. 加入稿件投稿後，編輯都會進行論文原創性比對系統的檢視，以期確保該科技論文的原創性，而避免抄襲。

3. 依各章節內容更新一些國際學術期刊的資訊，以期能與新脈動接軌。

4. 依各章節內容新增一些筆者的最新體認與要點，以利讀者寫作與投稿。

　　雖然在本次改版內容的撰寫及編排上，筆者盡可能改善前兩版之缺失，但難免仍有不完整或遺漏之處，尚祈先進不吝指正，俾利本書能更臻於實用與完善。

毛正倫 謹誌

民國一○七年四月一十三日於

國立中興大學食品生技大樓菇類化學研究室

二版序

　　本書《科技論文寫作與發表》自 2009 年初版付梓至今已有 3 年餘，受到國內許多大學院校相關科系的支持與使用，也感謝許多教授科技論文寫作之教師們的鼓勵與指正。筆者秉持著「日新月異」、「精益求精」的求知精神，延續前一版的精要，做以下之修正：

1. 將初版書中所稱之「科學論文」一詞統一更新為「科技論文」，以期能涵蓋科學與技術之論文。

2. 雖然國科會已明文宣告於 2012 年 7 月起不採用研究表現指數(research performance index, RPI)作為各類申請案之審查指標，本書第二版仍然予以保留，因其對科技論文各項加權計算之意義，仍然值得參考。

3. 依各章節內容更新一些國際學術期刊的資訊，以期能與新脈動接軌。

4. 依各章節內容新增一些筆者的最新體認與要點，以利讀者寫作與投稿。

　　雖然在本次改版內容的撰寫及編排上，筆者盡可能改善初版之缺失，但難免仍有不完整或遺漏之處，尚祈先進不吝指正，俾利本書能更臻於實用與完善。

毛正倫 謹誌

民國一○一年七月一十九日於

國立中興大學食品生技大樓菇類化學研究室

自 序

　　筆者在美國攻讀博士學位，而後做博士後研究，前後 6 年。自 1993 年回到中興大學任教便開設「科技英文寫作」的課程（與本系胡淼琳教授合開），迄今已有 10 餘年。累積多年講授之經驗，胡教授已於 2006 年出版一本教學用書《科學論文之英文寫作與範例解析》，供國內研究學者參考，其內容涵蓋英文科技論文寫作的概念和技巧。

　　本書乃針對進行研究而需要發表科學論文的人所寫的，但本書不討論英文寫作的技巧，而是對科學研究成果的發表，以中文詳細解說一般期刊的各項基本格式規定，讓從事英文科學論文寫作的人能夠瞭解論文的格式與投稿要領，熟悉論文發表的流程，並能對科學論文寫作、投稿到出版都能有基本的認識，繼而有助於讀者成功地發表其研究成果。

　　本書適合自然科學的學生和研究生使用，而筆者希望本書能變成一本工具書，供國內研究學者參考。本書的大綱從筆者在美求學的「科技論文寫作」筆記和教科書開始，加上回國 10 餘年發表英文科學論文的經驗、教學整理和一再修正，仍然有其疏忽和錯誤之處，尚祈先進不吝賜教，以期能盡善盡美。

毛正倫 謹誌

民國九十八年三月一十三日於
國立中興大學食品生技大樓菇類化學研究室

目 錄

第一章　　緒　論

1.1 科學研究

　　科學(Science)是有系統、有組織的學問。此學問必須符合事實且經過實驗驗證為正確的，且具有重複性。科學一般可分為自然科學 (natural science) 和社會科學 (social science)兩大類，在無特別說明時，科學都是指自然科學。本書所要解釋和說明的都是以自然科學為主，當然也有一些可適用於社會科學的。科學研究(scientific research)的結果或稱為學術研究的結果，不外乎發現(discovery)與發明 (invention)兩項，即：

1. 發現自然界新的現象或事物，建立新的知識理論與新的科學原理。

2. 發明新的事物與方法措施，或建立新的社會科學理論，用以規範人類的生活，與出現嶄新的物件，用以造福人類的生活。

　　科學研究或學術研究的主要目的在於應用，也就是說將所發現的自然現象整理後，能夠實地去預測或應用於自然界的一些事物，使人類能夠更自在地生活在自然界中，及採用嶄新的科學發明，讓人類的生活更便利和舒適。然而，科學研究的成果必須有創新和突破，對學術界有貢獻，即科學研究的成果在發現、發明或建立解決問題的新事物或新方法，或為既有事物或方法的新應用，或以既有事物或方法開拓一個新的應用領域。

1.2 科學方法的一般程序

科學方法(Scientific method)是用來不斷重複測試、確認已存在的以及新生成的科學觀點。科學方法包括以下的一般程序：

1. **觀察現象**：用肉眼、感官或儀器去注意或測定自然現象或實驗中的變化，並詳實記錄下來。

2. **發現問題**：將從所觀察的事實或實驗所得的結果，加以解釋說明，並從中間整理出其規律性或慣性現象，這就是所發現到的問題。

3. **提出假說**：根據所發現到的問題，提出假說來解釋並預測可能發生的現象及將會產生的預期結果。

4. **設計實驗**：根據所提出的假說，設計出能證實此假說的實驗，包括選定處理、測定特性、實驗單元和實驗設計等。

5. **進行實驗**：根據所設計的試驗，依所預定的步驟和流程進行相關實驗操作。

6. **結果分析**：收集實驗所得的各項數據資料，並進行適當的統計分析。

7. **確認假說**：根據經驗和統計分析的結果，主觀地對實驗做成結論，即推翻假說或驗證假說。若假說被推翻，並不一定是假說有誤，而是證實假說不夠準確或不夠周

延，需要重新思考後，再提出修正的假說或新假說，而後再回到步驟 4.和 5.的設計實驗與進行實驗。假說經過初步驗證後，即將成為新的科學觀點，可以公開發表，提供世人參考，並接受他人重複測試的挑戰。

8. 發表成果：公布研究結果的方式很多，如學術研討會上的壁報展示 (poster presentation) 或口頭報告 (oral presentation)也算是發表，但是書面資料只是有限字數的摘要。然而，正式的發表是以科技論文(scientific and technical paper, S&T paper)的方式發表在學術期刊 (academic journal)上。

1.3 科學實驗設計的原理

科學實驗設計(Scientific experimental design)的目的在於答覆研究者所要探討的問題。最適當且最富資訊的方法就是進行實驗數據的統計分析，並能針對此些問題提供所要答案的統計程序。科學實驗設計的考量包括以下的步驟：

1. 首先以簡潔扼要、條列的方式陳述要解答的問題，精確地說明要實驗證實的假說，並設定假說和空假說的內涵。

2. 接著以審慎的態度和邏輯思考來分析所產生的問題，並搜尋和回顧適切的參考文獻。

3. 選定要進行的研究步驟：

(1) 選定「實驗處理(treatment)」：包括處理組的數目、內容（劑量或施用方式）及彼此間相關情形。

(2) 選定要測定的特性，即實驗的變數(variable)，尤其是預期有顯著的特性。

(3) 選定要觀測的實驗單元、重複試驗的數目、設計取樣的方式及依所要用的統計方法如完全隨機設計、隨機完全區集設計或其他高階的隨機設計及平均值分離程序，並設定整個實驗的步驟和流程。

(4) 採用隨機的方式來選定實驗單元，用以控制相鄰單元彼此間的效應（競爭效應）。

(5) 製備出一系列與實驗有關的簡表。

(6) 概要地列出所採用的統計分析方法。

(7) 算出預期所要花費的成本，涵蓋材料費、工資、儀器設備使用費等。

4. 選定合適的測定儀器技術和實驗方法。盡量去控制人為的誤差(personal equation)，以防止個人的偏見。在進行實驗時，研究者不應該知道所要測定的計畫或處理組的內容，以避免對實驗處理組造成偏見。

5. 進行實驗，收集數據資料及審慎檢視數據的誤差、不尋常的數值等。

6. 完成數據的統計分析及依照實驗的條件來詮釋結果。

7. 製備完整、正確且誠實的報告。在報告中需呈現簡明扼要的數據，以允許他人來測試或挑戰同樣的假說，或嘗試不同的假說。藉由所給定的實驗技術和所用的統計方法，讀者可自行決定此些報告內容是否合理、可靠。

　　一般實驗室在進行實驗時可以得到數據，而這些數據加上實驗進行的條件、方法等便成為一份完整的紀錄，稱為報告。換句話說，實驗的結果是數據，而報告的主要內容也是實驗數據，另加上實驗條件與方法及統計分析的結果。

1.4 從事科學研究的人

　　一般從事科學研究或學術研究的人員包括：

1. 研究員級：研究員(research fellow)、副研究員(associate research fellow)和助理研究員(assistant research fellow)。

2. 教授級：教授(professor)、副教授(associate professor)和助理教授(assistant professor)。

3. 講師(instructor or lecturer)。

4. 助教(teaching assistant, TA)：舊制為老師，新制為行政人員。

5. 研究助理(research assistant, RA)：分為碩士級和學士級研究助理，其工作主要在協助研究計畫之進行及負責相關行政作業。

6. 助理(assistant)。

7. 專職研究的博士後研究員(post-doctoral fellow) ，其工作除執行研究計畫外，亦撰寫研究報告及期刊論文。

　　若嚴格的區分，科學家(scientist)應為具有碩士學位(Master of Science, MS)和博士學位(Doctor of Philosophy, Ph.D.)的人，而只具有學士學位(Bachelor of Science, BS)或以下的人則稱為技術員(technologist or technician)或研究助理(RA)。

　　在大學機構裡面，仍有一群不支薪或僅領取微薄津貼的人在從事學術研究，這種人稱為研究生 (graduate student)，依其攻讀的學位又可分為碩士班研究生(master student)和博士班研究生(Ph.D. student)。同時，還有一些大學部（現稱為學士班）的大學生(undergraduate student)在研究室（實驗室）裡面進行簡單的實驗探討，這些人有寒、暑假實習生、論文生或專題生。因為這些大學生基本上都是接受指導在進行實驗的，算是來認識和熟悉研究室及幫忙做實驗的，不能算是從事學術研究。

　　大學生進入研究室時，首先要先調整心態，才能適應研究室的團體生活，並最好先和老師談過，且取得老師的同意後，才能進入這個研究室團體，而不是自己跑去幫熟識的研究生或大學部學長姐做實驗，以免造成誤會或遭到排擠。通常老師會指定研究生學長姐(mentor)來帶領做實驗，若是老師指定博士班研究生來指導會更好。但仍需先做好以下的心理準備：

1. 研究室中我最小的定位

　　研究室的基本成員是研究生，就如國立**中興大學食品暨應用生物科技學系研究室人員一覽表**裡就沒有大學生，因此大學生在研究室內是沒什麼名分的。所以大學生要改變一向是以自我為中心的心態，而且要有虛心受教的態度，這樣學長姐才會願意花時間教你做實驗。因為大學生進研究室需要研究生花時間教導與帶領，才能逐漸調適自己而進入狀況。研究室是研究生做實驗的場所，大學生不一定幫得上什麼忙，因此沒課時能夠自發待在研究室幫忙學長姐做實驗，則收穫就會越多。

2. 實驗的結果要能得到學長姐的確認才算完成

　　大學生在實習（實驗）課所養成的習慣或觀念是「做完了」或「時間到了」就下課。然而，在學術研究領域裡，不是實驗做完就可以結束，而是數據要正常且誤差要在合

理的標準差範圍內。雖然實驗的結果不一定需達盡善盡美的境界，但是學長姐給的實驗，基本上都已執行做過，因此數據合不合理、變異是否太大，皆有紀錄可循，所以要求大學生重複做一樣的實驗，是在於要訓練控制人為的誤差，以求個人的精確度在一般標準差的範圍內。

3. 在一週中排出完整的時間（至少一整天）

　　現在大學生不僅課業繁忙，又忙於打工，且外務又多，但因為大家想有進研究室的經驗，因此也想進研究室學習。基本上，大學生進研究室是向學長姐學習，不收費也沒報酬，因此應該清楚自己在這「主從關係」的位置，所以大學生需要排出一段完整的時間，至少一整天，包括晚上的時間，這樣學長姐才能安排時間教你一些做實驗的事務，並掌握實驗的進度。

1.5　研究室的選擇

　　大學生和準研究生（剛推甄上或考上研究所的大學生）在選擇研究室時，需先要瞭解該系所的相關規定，如國立中興大學食品暨應用生物科技學系研究生分配辦法，其中對於研究生類別、研究室收錄人數、超收（加收）、不占名額或共同指導及換研究室的事項皆有所規範。除該系所的辦法外，還可以參考以下幾點建議：

1. 對研究領域的興趣

多看看該系所老師的學經歷、研究方向和研究成果，瞭解老師的專長與成就，以便能找出自己有興趣的領域。對老師的研究領域有興趣只是開始走入學術研究的動力，必須經幾年的學習、經歷和磨練才能變成自己的專長，即使不是很有興趣的領域也可變成專長。假如自己有興趣的研究領域是現在正熱門的課題，則可能很早就收滿研究生。一般而言，以一個本科系畢業的大學生進入相關科系的任一個研究室都能適應自如，所以說有興趣的研究領域只是一個參考而已。

2. 對研究室文化的瞭解

有機會先到研究室與研究生學長姐聊聊研究室的制度與老師的規定和要求，以便能有心理準備，包括老師會不會罵人？會不會很忙碌？會不會變成廉價勞工？研究津貼多不多？每個研究室有不同的傳統、制度、規定和要求，瞭解研究室更多的細節，有助於適應研究生的日子。

3. 老師的人脈與對升學、就業的幫助

不是每個大學生或準研究生對未來研究生以及往後的生涯都有完美的規劃，因為大家都對研究生的日子怎麼過都還沒有概念。不過，總是有一些人會去思考未來工作的問題。因此可以先瞭解的事包括：可以跟老師學到什麼？

學長姐的出路好不好？老師有沒有介紹工作？有沒有機會
被老師推薦到國外大學機構交換或繼續進修？

4. 老師與研究生的互動及研究室內的氣氛

　　有些老師非常忙碌或兼任行政職務，平時看不到人，
就只有每週研究室會議時才會出現，要是遇上從不召開研
究室會議的研究室，那想要見到老師都要事先約定時間，
加上老師的辦公室和研究生的研究室是分開的，那更見不
到老師。這種老師跟學生的互動顯然不夠，但是也有研究
生喜歡這樣，因為只要交得出成果，不需要天天見到老師。
若是老師的辦公室和研究生的研究室是連在一起的，那與
老師的互動就會比較多，當然研究生的出勤情形，老師也
看得到的。

　　另外，就是研究室內的氣氛如何會影響學習，甚至平
日的生活。若研究室是一個緊張的氣氛，那每天都兢兢業
業地過日子，彼此間相互計較，開會時互相攻擊，那日子
就會過得很辛苦。若是研究室氣氛很和諧、很融洽，則每
天可以快快樂樂的來去，日子也過得較舒服多。

5. 是否兩年可以畢業？是否有攻讀博士班的機會？

　　國立中興大學碩士班章程第六條規定：「碩士班研究生
修業期限以一至四年為限」。有些老師的要求比較高，對碩
士論文的品質管制也比較嚴格，一個碩士班研究生需要二

年半、三年，甚至四年才能畢業都有可能。一般理、工、農科的碩士班研究生都可以兩年畢業，而文、法、商科的碩士班研究生可能需要多一些時間才能畢業。

有些老師希望碩士班研究生能夠直升博士班，這樣可以在研究室待得久一點，對研究的探討可以更深入些。**國立中興大學博士班章程**第十條規定：「博士班修業期限以二至七年為限」。也有老師不喜歡碩士班研究生直升博士班，因為缺少碩二下（碩士班二年級下學期）的煎熬與磨練，在自我要求上並不太夠。不過，目前碩士班研究生想要繼續攻讀博士班的意願都不太高，只求能順利畢業就好。

以上所述的都是大學生事先要做好的功課。所以當一放榜後，為避免自己對該領域有興趣的老師已經收滿研究生，也避免進錯研究室後會後悔或埋怨等，便要用最快的時間去瞭解以上的建議，先去瞭解系所的相關規定，接著去研究室找學長姐談過，然後再去找老師面談。記得準備一份個人資料和想問的問題，包括你想學些什麼？當然，以上所建議的只是參考而已。

6. 指導教授收研究生的考量

研究生所領到的津貼會依各個學校、各個研究室或各個計畫不同而有所差異。因此，有些研究生會認為自己是正經歷著「血汗研究」，而在網路上大吐苦水，這是以研究

生自我為中心的解讀。殊不知研究生和大學生是不一樣的，而這樣的生活是自己找的，要努力學習「甘願做、歡喜受」。

以指導教授來看，即使不付予研究生津貼，但是在研究室進行實驗，仍然有材料費用的支出，就像一個家庭有著「柴、米、油、鹽、醬、醋、茶」的支出一樣。以筆者在食生系 25 年來的估算，一個碩博士班研究生（碩專班另計）一年約花費 20 萬元的材料費，若進行分子生物或動物試驗則可花費到 30~40 萬元。以一個有 6 個研究生的研究室（二位博班、二位碩二和二位碩一）來看，一年研究經費約需 120 萬(20×6)。有沒有計畫來負擔研究生的材料費用，才是指導教授收研究生的最大考量。

1.6 研究生的定位

研究生的定位是什麼？研究生是一種具有特殊身分的學生，主要從事科學研究。雖然研究生像一般大學生一樣地上學聽課，但是博士論文或碩士論文才是研究生生活的主軸。研究生所追求的是那張博士學位或碩士學位的文憑。然而，在定位上，研究生是：

1. 一種身分。

2. 一種生活方式。

3. 一種思考模式。

4. 一種自我學習。

5. 一種自我成長。

6. 一種自我表現。

7. 一種自我肯定。

　　基本上研究生可以就業、可以參政，看電影還可以買學生票，但是學術性學會認定研究生為普通會員，而不是學生會員。科學研究是很清苦的，研究生常常為求研究上有創新、有突破而過著腸枯思竭的日子。有人說，研究生做研究像便利商店一樣，一天 24 小時，一個禮拜 7 天，一年 365 天，全年無休。時時刻刻追求學術研究的創新與突破就是研究生的生活方式，也是研究生的思考模式。

　　俗語說：「師傅領進門，修行在個人」。研究生進入研究室後，除了自己要時時進修外，要多聽、多問、多看，聽問的對象包括指導教授、研究室的學長姐和畢業的學長姐，多看學術期刊上的科技論文，從科技論文的搜尋、篩選、閱讀和整理，來建立一套自我學習的方法。從主動學習中成長，在實驗中表現自我，進而能從創新突破的研究成果來肯定自我。換句話說，自我學習、自我成長和自我表現是一個良性的循環，其結果就在造就一個肯定的自我。

　　大學的功能剛開始只有教育，就如韓愈在《師說》一文提到的「傳道、授業、解惑」，而早期英國的牛津和劍橋大學即以傳授知識著稱；其後加上研究發展，而以德國的大學最著名；最後再加入推廣應用，此以美國的大學集其大成。大學功能的發揮對一個國家未來的發展性與競爭力極為重要，因此美國的強大，其大學的貢獻不可被忽視。在大學裡面的學生有大學生（學士班）和研究生（碩士班與博士班），大學生主要是接受教育，而研究生除接受教育外，還有研究發展和推廣應用的使命。

　　研究生和大學生的區別在於大學生是學習有系統、有組織的完整科學知識，但是研究生則要從已發表的茫茫學術期刊論文中去學習如何搜尋、篩選和整理出論文方向所要的知識。大學生是從教科書中去學習經過經年累月被挑戰、經年累月被驗證的知識，這些知識基本上已經被認定是對的。然而，研究生則要有前面已知的知識做基礎，再整理與整合出一段與自己論文方向相關的知識，並且還要去研判分析是否科技論文的研究成果、所用實驗技術和方法是否合理正確、是否合宜適用。大學生在學時是吸收已知的知識，培育清楚思考、客觀分析問題的能力，畢業後除學以致用外，也需要開始嘗試創新與突破，方能在職場上與人競爭。研究生的訓練即是培養其創新與突破的能力，使得畢業後這些碩士、博士都有能力去創造新的科學知識。

中國的諺語：「聽而易忘、見而易記、做而易懂」，這段話已翻成英文為 "I hear and I forget; I see and I remember; and I do and I understand"。這段話語出《荀子‧儒效》，而原文為「不聞不若聞之，聞之不若見之，見之不若知之，知之不若行之。學至於行之而止矣。」學生在課堂上常常聽過就忘記，看到實物才能記得，實作了才會明白。研究生光是聽課、看書是不夠的，而是要動手去做，才會記得、瞭解。大學生則停留在聽課、看書的階段。凡事「從做中學」是研究生的最高準則。

研究生最苦悶的日子是碩二下，因為首先要完成所有的實驗，即使尚未完成，也要開始整合所有的數據，製作圖表，並將整個論文整理出一個先後順序的骨幹，以便能開始撰寫論文。寫完論文後，交給指導教授修改，再送到口試委員手上，再準備口試的資料（.ppt 檔、相關文件及成品）。碩二下的日子，研究生都過著自己面對自己的日子，有點像閉關苦讀，也管不了外在的人間世事，是人生中最艱苦、最煎熬、也最充實的時日。

1.7 博士班研究生的要求與訓練

博士班研究生在研究室裡面的事情還真不少，除非你是在職生，不然成天都待在研究室內，除了自身的博士論文實驗外，還得負責處理所有的行政事務，研究室的以及指導教授的雜事和雜務，而出狀況時也會是第一個被責難的。雖然這都是很辛苦而且責任很重，但是這些事務都是在訓練一個博士班研究生如何去管理一個研究室的必經歷程。假使一個博士班研究生順利畢業而沒管到任何事情，那將來要是走入學術領域，也將要重新摸索如何經營研究室、如何處理與研究生之間的事務、甚至如何去指導研究生做實驗。

有些博士班研究生需要瞭解一個研究室的開銷花費，並負責計畫經費的核銷，包括訂購耗材和藥品、採購儀器、報銷經費等。若是研究室有研究助理，那這些應該都是研究助理的事情，因此就會失去這一方面的經驗。許多指導教授的雜事，如計畫審查、論文審查和計畫報告等，還有有關研究室的事情，如研究室的整潔與管理、研究室介紹和新進研究生約談等，這些都會是博士班研究生的工作。似乎博士班研究生成了指導教授的廉價勞工，但是從長遠看，這些事情也是博士班研究生畢業後也會面對的事情，趁現在做完還有指導教授的教導與指正，也是很好的學習。假如研究室沒有博士班的研究生，那許多事情就會落在碩二的研究生身上。

除上述一些瑣碎的事務外，以下所列的項目是博士班研究生應該有的要求與訓練：

1. 研究計畫的撰寫

這是博士班研究生最基本的訓練，因為撰寫研究計畫去爭取經費，才能支持研究室的學術研究實驗工作。博士班研究生常需花很多心血搜尋資料、創新思考以突破舊有的研究構想，然後寫成計畫書。

2. 實驗的獨立作業

博士班研究生應該能自己獨立設計實驗，並獨自完成實驗工作，即使有不會的實驗和儀器操作，都要自己想辦法找人或廠商教導，而不需要指導教授在後面督導。

3. 碩士班研究生的訓練與教導

碩士論文對博士班研究生而言是很簡單的，因此帶領碩士班研究生做實驗是很正常的事。帶領碩士班學弟妹做實驗，掌握其進度，並時時檢討和分析其結果，這是一項學習，也可以從中學到很多事務，有教學相長的效果。此外，還要教導學弟妹如何看科技論文、如何整理實驗大綱、如何操作儀器、如何整理實驗數據、聆聽專題討論和論文口試的預講（採排）及修改碩士論文初稿等。

4. 研究成果的壁報和口頭發表

　　博士班研究生要能將實驗結果整理成圖表，製作成壁報，或以口頭報告方式，在國內外學術研討會上發表。當然，博士班研究生也應能帶領碩士班研究生整理數據，製成圖表，完成壁報展示的工作。研究成果不論壁報展示或口頭報告的發表，都能直接與學術界人士接觸，其實驗內容經過討論，並接受學者的詢問與質疑，雖還不算是新的科學觀點，但至少已算是初步的報告。

5. 研究論文的撰寫

　　學術研究的成果只有寫成科技論文而發表於學術期刊上，才算是真正的發表。因為學術期刊會審慎地請審稿人(reviewer)審查這篇科技論文，當作者答覆並修正好論文後，期刊社方才將其刊登出來。許多國內知名的大學各系所已經訂定博士班研究生畢業的要求，其中科技論文發表是主要的一項，其要求內容包括期刊排名(rank)、衝擊因子數值、篇數、作者排名等也訂得相當詳細清楚，這項規定通常是博士班研究生畢業的瓶頸，或可說是博士班研究生的夢魘。

1.8 博士班研究生需具備的能力

一個博士班研究生在研究室除了完成學業，取得博士學位外，也同時經歷過相當多的訓練和學習。總體而言，博士班研究生在幾年之間需要養成以下能力，以便日後畢業他就之用。

1. 服務與合作能力。

2. 溝通與管理能力。

3. 自我學習能力。

4. 教學能力。

5. 專業與研究能力。

6. 研究論文的撰寫能力。

博士班研究生的訓練是讓他畢業時，這些能力可以幫助他進行學術研究。所以說，博士學位取得時，即是這位博士可以「單飛」，自己開始獨立地進行研究，而不是已經做完研究了。

博士班研究生在研究室的身段都是要最低的，像竹子一樣，「長得越高，彎得越低」。所以在研究室有客人來訪，倒茶招待的都會是博士班研究生，而碩士班研究生若沒被點名到，一向是事不關己的。碩士班研究生要是能做到這點，繼續念博士班會收穫很多的。博士班研究生受指導教

授之命管理研究室，服務、合作、溝通和管理都是需要經歷到的。自我學習和專業與研究的能力也是經年累月培養出來的。學術研究都是自我面對研究結果的，而許多研究成果和博士班研究生的能力也都是逐年累積起來的。完成博士學位，基本上與聰明智慧關係不大，而是自己的投入、學習和專業能力的累積才是最重要的關鍵。

　　若博士班研究生能在自己的學校內擔任兼任講師，那就有機會多經歷一些教學的事務，如能去其他的學校擔任兼任講師也是很好的，因為可以接觸到另一所學校的人、事、物，開展自己的人際關係。兼任講師雖有微薄的收入，但重要得是能有機會去提升教學的能力，除了課堂講授外，還有實驗課或實習課的教學，更有理論和實務的教學相長。當然除了要準備教案、準備實驗器材外，也要有與學校各處室、其他老師和學生的互動，雖然有些博士班研究生覺得不缺這筆收入，但是這卻是最基本的訓練和學習。

　　博士班研究生要能以研究室為家，也就是把研究室當成是「家」，早上 7 點進來，一直忙到晚上 11 點才離開，像是「7-11」一樣。把學術研究當成是一種生活的方式，也是一種思考的模式，才能完成博士論文。許多諾貝爾獎得主的得獎論文大都是博士班研究生和博士後研究員期間所做的研究，那是因為研究生的生活和思考都是以研究論文為重心，才能順利完成學業，而其研究成果有著創新、突破

的觀點，更將是學術上的一大貢獻。研究論文的撰寫能力
更是將來畢業後從事學術研究所必要的，更是畢業的門檻
之一，所以提早練習論文寫作則可順利度過研究生的日子。

第二章　科技論文的影響

2.1 國際學術期刊

　　學術研究的成果都是以科技論文的方式發表在世界的學術期刊上，提供世人參考與應用。世界上有許許多多的學術性期刊供各個不同科學領域的學術研究者發表其研究成果，國內也有，甚至各學校與研究機構也有學報可供國內和校內的老師和學生發表其研究成果。雖然各種語言都有，但是唯有以英文發表的國際期刊論文才能讓世界上的學者分享到其論文的成果。加上期刊網路化及電腦的普及，使得全球學術研究進入國際化時代，以英文撰寫的科技論文才能普遍被接受及很容易且快速被搜尋到、被查閱、被引用、被討論和被應用。

　　一般而言，科技論文的出版都需要經過期刊的同儕審查通過後才能刊登，因此對其研究內容的嚴謹程度，和研究成果對該學術領域的貢獻程度都會有著相當高的要求。然而，學術期刊社對投稿的科技論文進行審查是對科學新知識的一項考核，而科技論文在學術期刊上的發表更可表現出一位學者的研究能力，更是對其所做學術研究的一種肯定。

2.2 開放取用期刊

開放取用(Open access)的快速興起是因為網際網路的發展及學術期刊的價格持續高漲。開放取用是指將學術期刊論文發表在網路上提供讀者自由取用。然而,開放取用的程度包括檢索、下載、複製、列印、分享、重製、發行或傳輸,這也衝擊到學術期刊慣例地對其發表的論文宣稱擁有的版權問題。開放取用期刊是指經過同儕審查,且以免費的方式提供讀者取用的電子期刊。

開放取用將促進研究的發展,以開放取用的方式發表研究成果,可以擴展研究者的研究領域及其專業生涯。從讀者端來看,去除了價格與使用的限制,讓研究成果更容易被參考與應用,增加了極大的公眾利益。

開放取用可以增加研究的影響力;對作者而言,可獲得更多的潛在讀者;對讀者而言,可免費在線上取得研究所需的文獻;對學生而言,可方便地取得所需的資訊,也可進一步的複製或傳遞的。除了快速及免費外,也不需面對合理使用的爭議或可能侵權的擔憂。

期刊社發表期刊論文的收入來自刊登費、研究機構和圖書館的訂閱及下載或抽印本的收費。然而,開放取用是免費的,所以發表的費用都會是作者或作者的研究機構或贊助的研究資金支付的,而且金額頗大的,這對研究者而言也是很大的負擔。

2.3 期刊引用報告

　　美國科學資訊研究所(Institute of Scientific Information, ISI)為私人機構，其建構有全世界最完整的各種跨學科領域的書目資料庫，共收錄超過 16,000 種全球科技、社會科學及藝術人文等方面重要學術期刊、圖書、會議論文等，而由這些資料建立起各種資訊產品與提供各項服務。ISI 採用相當嚴格的標準來收錄學術期刊，且每年略有增減，而能夠被 ISI 收錄成為各學術期刊主編(editor in chief, EIC)很引以為榮的事。ISI 收錄的學術期刊論文和所含的參考文獻，涵蓋全世界最重要和最有影響力的研究成果。ISI 利用所收錄期刊的參考文獻，出版其著名的期刊引用報告(Journal Citation Reports, JCR)，為全世界首創且獨特的資料庫，可供查詢引用的相關文獻，並允許讀者去評估和比較學術期刊，對研究人員的幫助極大。

　　JCR 從超過 60 個國家，多於 3,300 家出版社，超過 7,500 種科學、技術和社會科學等領域的期刊取用所有的文獻引用，且逐年在增加之中。作為一個研究工具，從 JCR 中可以明顯看出：

1. 在某一特定領域中最常被引用的期刊。

2. 在某一特定領域中衝擊最高（具最高衝擊因子）的期刊。

3. 在某一特定領域中最熱門的期刊。

4. 在某一特定領域中最前導的期刊。

5. 在某一特定領域中有哪些相關的期刊。

　　JCR 共有三種版本，即科學文獻引用索引、社會科學文獻引用索引和藝術與人文文獻引用索引。

1. 科學文獻引用索引

　　科學文獻引用索引(Science Citation Index, SCI)收錄世界重要且著名的 6,650 種科學期刊，共跨越 150 個科學領域，包括：農業、天文、生物化學、生物學、生物技術、化學、電腦科學、材料科學、數學、醫學、神經科學、腫瘤學、小兒科醫學、藥理學、物理學、植物科學、精神病學、外科醫學、獸醫科學和動物學等領域。

2. 社會科學文獻引用索引

　　社會科學文獻引用索引(Social Science Citation Index, SSCI)收錄世界重要且著名的 1,950 種社會科學期刊，共跨越 50 個社會科學領域，包括：人類學、歷史、勞資關係、資訊科學、圖書館科學、法律、語言學、哲學、心理學、精神病學、政治學、公共衛生、社會議題、社會工作、社會學、物質濫用、都市研究及婦女研究等領域。

　　SCI 和 SSCI 資料庫皆能提供各期刊及其刊載文獻的「引用與被引用」相關資料。由於有些期刊會列在 SCI 中，而同時也列在 SSCI 中，因此發表在一些期刊上的科技論文既算在 SCI 中，也算在 SSCI 中。當一個科學研究機構把兩

個引用索引中發表的論文加起來時，會發生一加一小於二的情形，此這是因為資料庫會自動扣除重複計算的部分。

3. 藝術與人文文獻引用索引

藝術與人文文獻引用索引(Arts & Humanities Citation Index, A&HCI)收錄世界重要且著名的 1,160 種藝術與人文類期刊論文及其引用文獻，包括：考古學、建築學、藝術、亞洲研究、古典文學、舞蹈、民俗學、歷史、語言、語言學、文學評論、史籍資料、音樂、哲學、詩歌、電視廣播及戲劇等領域。

此外，提供科技論文引用查詢的還有工程索引(Engineering Index, EI)，但是因為該資料庫並未收錄期刊的參考文獻，且未建立引用的數據，因此無法提供文獻引用的資料，只能提供工程索引中刊登的文章數。

在 JCR 中的文獻引用數(citation counts)和文章數（article counts，科技論文在期刊社中稱為文章）目前已成為學術期刊的重要指標數值，而文獻引用(citation)亦成為研究者評估和比較期刊重要性的指標，文獻引用的次數相當於學術品質的優劣。因為文獻引用數和文章數在現代科技電腦的計算和統計下已經不是很困難的事情，所以直接計算發表在 SCI 和 SSCI 的科技論文的文獻引用數和文章數，便可以知道該科學研究機構的學術研究成果，此些數據便成為校際評比的客觀標準。

　　ISI 在 JCR 中聲稱最有影響力的研究成果，是指被其他文獻引用次數多的科技論文。ISI 使得 SCI 和 SSCI 資料庫不僅作為一部文獻搜尋的工具，也成為評價學術研究的一種依據。因此，學術研究機構被 SCI 和 SSCI 收錄的論文總量，可反映出整個機構的學術研究成果，尤其是基礎研究的水準。個人的論文被 SCI 和 SSCI 收錄的數量及被引用次數，更反映一個研究者的研究能力與學術水準。

2.4 衝擊因子和 5 年衝擊因子

　　ISI 在 JCR 中對每種期刊定義了一種指標叫做衝擊因子 (impact factor, IF)，其為該期刊前二年發表的科技論文在當前年的平均被引用次數。而衝擊因子的計算是由一種期刊登於前兩年出版的文章（科技論文）在目前被引用的次數除以在前兩年出版的文章總數。期刊之衝擊因子以 2016 年和 Food Chemistry 為例計算如下：

該期刊 2015 年出版的文章在 2016 年被引用數	6,860	該期刊 2015 年出版的文章數	1,598
該期刊 2014 年出版的文章在 2016 年被引用數	7,438	該期刊 2014 年出版的文章數	1,559
合計	14,298	合計	3,157
衝擊因子=最近文章被引用數／最近出版文章數 =14,298/3,157=4.529			

資料來源：ISI 知識網的 JCR 資料庫

　　近幾年 JCR 中對每種期刊又定義了一種新的指標叫做
5 年衝擊因子，其為該期刊前五年發表的科技論文在當前年
的平均被引用次數。而 5 年衝擊因子的計算是由一種期刊
登於前五年出版的文章（科技論文）在目前被引用的次數
除以在前五年出版的文章總數。在應用上可以比照一般僅
計算 2 年引用數的衝擊因子，但目前僅供參考。期刊之 5
年衝擊因子以 2016 年和 Food Chemistry 為例計算如下：

該期刊 2015 年出版的文章在 2016 年被引用數	6,860	該期刊 2015 年出版的文章數	1,598
該期刊 2014 年出版的文章在 2016 年被引用數	7,438	該期刊 2014 年出版的文章數	1,559
該期刊 2013 年出版的文章在 2016 年被引用數	6,671	該期刊 2013 年出版的文章數	1,423
該期刊 2012 年出版的文章在 2016 年被引用數	7,176	該期刊 2012 年出版的文章數	1,666
該期刊 2011 年出版的文章在 2016 年被引用數	6,622	該期刊 2011 年出版的文章數	1,483
合計	34,767	合計	7,729
衝擊因子＝最近文章被引用數／最近出版文章數 ＝34,767/7,729＝4.498			

資料來源：ISI 知識網的 JCR 資料庫

　　每年的衝擊因子都要等到所有去年的 SCI 期刊論文都出版，包括非網路的郵寄版本收到後，才能計算完成，所以大約 5 月底或 6 月初方可知道前一年的，也就是最新的衝擊因子。也就是說例如 2012 年的衝擊因子需等到 2013 年 5 月底或 6 月初時才會公布出來。由於有這精準且客觀的量化指標，每年期刊都會有其最新的（前一年）衝擊因子，因此出現期刊之間可以衝擊因子數值的多寡，來比較其在學術上的重要性（影響力），同時在同一領域中更出現排名高低的現象。

　　一種期刊的衝擊因子越高，即表示其所刊載的論文被引用的次數越高。一方面說明這些科技論文的研究成果影響力大，另一方面也反映出該期刊的學術水準高。因此，JCR 以其大量的期刊統計資料及計算的衝擊因子等指標，作為一種用以評價期刊的工具。衝擊因子不僅可以幫助研究者評估一種期刊的相對重要性，特別在相同領域中與其他期刊比較時，即該期刊登於特定領域中的排名情形，而且可以幫助研究者根據期刊的衝擊因子和排名來決定投稿方向。

　　根據前面所說的衝擊因子和排名的概念，一篇科技論文要被稱得上是高品質，必須發表在：

1. 高衝擊（高衝擊因子）的期刊。

2. 在一特定學術領域中排名很前面的期刊。

3. 由高知名度的特定學會，如美國化學學會(American Chemical Society, ACS)所出版的。

4. 由優質出版社，如 Elsevier 出版社所出版的。

　　此外，一篇科技論文在 JCR 中的文獻引用數也是評估該篇論文很重要指標數值。文獻引用次數多的科技論文即是有影響力的研究成果，也是對一個研究者的研究能力與學術水準的肯定。

2.5 科技論文對研究領域的影響

2.5.1 大學機構的知名度

　　教育部於民國 92 年 10 月間首度公布國內公私立大學機構教師發表於 SCI、SSCI、EI 等具權威性資料庫的科學論文篇數，隨即在國內各大學機構內引起強大的震撼，從此國內大學機構開始進入重視科技論文發表的時代。雖然以科技論文發表來看高等教育的品質與水準，甚至考慮到國家未來的發展性與競爭力，似乎有些失之偏矣，但是目前亞洲各國均認為大學研究與國家發展密切相關。我國已實行「發展國際一流大學及頂尖研究中心計畫（後改為邁向頂尖大學計畫）」，以五年五百億的政策，期盼提升國內研究水準，建設世界級的頂尖大學。第一期為 95~99 年，而第二期為 100~105

年。目前自 107 年起推動「高等教育深耕計畫」，期望大學培育出各級各類多元優質人才，協助大學依其定位發展多元特色，進而帶動國家整體的幸福與繁榮，預計 5 年挹注 850 億元，而不再專注於學術研究方面。

科技論文的發表首先影響到國內大學機構的學術排名與其知名度，因為大學機構的學術評比已經逐漸採用科技論文的質量表現作為學校整體學術表現的評鑑指標。

2.5.2　研究計畫的申請

接著影響到的是向相關機構申請研究計畫時，需要評估申請人的研究能力與學術水準。目前教師或研究人員向科技部生科司申請研究計畫時都要填寫「學術研究績效表」，此表格每年迭有增修，宜參閱最新公告的版本。其中第一項要填寫研究人員近 5 年內研究成果統計及獲獎勵情形，其研究成果為研究論文數量，包括 SCI、SSCI、EI 期刊論文和其他學術期刊論文，而作者行中排名（序位）則細分至第一作者(first author)、非第一作者之通訊作者(corresponding author)和非第一或通訊作者之其他序位作者。其次第二項要填寫研究人員近 5 年內之研究成果，其中最具代表性研究成果論文（5 篇為限）。其學術論文必須填寫所有作者（通訊作者後標以*），並列出該期刊的的領域及排名，而以所指定年份的 JCR 為準。

　　早期國科會（科技部前身）曾採用研究表現指數 (research performance index, RPI)作為各類申請案之審查指標，由於 RPI 的計算相當嚴謹，且實施後歷經多年的更迭，已逐漸變成研究人員學術表現的一項評比指標，甚至採用此指標的範圍已不限於科技部生科司的研究計畫申請，除其他機構的研究計畫補助外，還包括申請研究人員的學術獎勵與其他補助等。現雖捨去不用，但是此種科學研究之指標對科技論文各項加權計算之意義，仍然值得學術研究者參考。

　　目前國立中興大學農資學院在申請獎勵或補助時，仍採用近 5 年內 RPI 來作為個人研究表現的參考。5 年內代表性研究成果的篇數依研究年資多寡而不同，如滿 5 年以上者至多 7 篇，僅滿 4 年者至多 4 篇，僅滿 3 年者至多 2 篇，及未滿 3 年者至多 1 篇最佳代表性研究成果。每篇代表性研究成果再依論文性質分數(C)、刊登雜誌分類分數(J)、作者排名分數(A)來計算分數(C×J×A)。論文性質分數依正式論文(full article)、簡報型論文、病例報告和綜合評論(review article)而分別有 3、2、1 和 2 分。刊登雜誌分類分數依 SCI 和 SSCI 期刊排名百分比而有不同，如領域排名≤ 10.00%為 6 分，10.00% <排名≤ 20.00%為 5 分，20.00% <排名≤ 40.00%為 4 分，40.00% <排名≤ 60.00%為 3 分，60.00% <排名≤ 80.00%為 2 分，排名 80.00%以後為 1 分。然而，衝擊因子

大於 6 的期刊則採用其數值作為分數。此外，EI 期刊則為 1
分。作者排名分數依第一作者或通信作者、第二作者、第
三作者和第四作者或以後之作者而分別有 5、3、1 和 0.5 分。

　　每篇代表性研究成果的分數最高應為 75 分(= 3×5×5)，
若大於此分數時，即表示該篇研究成果的期刊排名在
≤10.00%或刊登於衝擊因子大於 6 的期刊上。當代表性研究
成果加起來的積分×100 再除以其指標上限滿分後，即為
RPI，分數越高代表該研究人員的學術表現越好。

2.5.3　教師升等和保有現職工作

　　再來影響到的是教師的升等(promotion)及教師的現職
工作。大學機構教師升等的評審標準可分為教學、學術著
作和服務與合作三項，其所占的百分比依升等的等級不同
而不同，如國立中興大學農業暨自然資源學院教師升等評
審標準表所列助理教授和副教授的配分皆為 30%、45%和
25%，而教授的配分為 30%、50%和 20%。在學術著作的配
分(45~50%)中著作外審成績(10%)、代表著作(representative
paper)(10%)和研究論文（助理教授和副教授 25%，教授
30%）。

升等的著作外審成績以 70 分為及格。代表著作則為以第一作者或通訊作者刊登於該學術領域列名 SCI、SSCI 或 EI 期刊者。研究論文則為除代表著作外，依是否刊登於該學術領域列名 SCI、SSCI 或 EI 期刊及所屬系所教評會期刊評量等級與作者排名順序，予以評分，每篇得 1~5 分。所需的篇數依升等的等級不同而不同。隨著大學機構對科技論文發表的重視，教師升等所需的論文篇數及 SCI 期刊論文篇數會逐年遞增，且所刊登期刊的衝擊因子和期刊在該學術領域的排名也會在要求之內。

不僅是教師升等受到影響，連帶教師的現職工作也會因此有每年要幾篇 SCI、SSCI 或 EI 期刊論文的規定，此規定雖不是每個大學機構都有，但以私立大學機構最為明顯，其論文篇數規定依等級不同而不同，但最少都要每年一篇。不過雖然有此消極性的普遍規定，但是仍有積極性的獎勵規定，以期能為該大學機構衝高 SCI、SSCI 或 EI 期刊論文篇數，更進而增加高衝擊因子期刊論文篇數，最後為該大學機構提高排名與知名度。

2.5.4 博士或碩士學位要求

科技論文的發表衝擊到大學機構和教師，當然連在學的研究生也因此會受到影響。因為大學機構的各系所已開始在研究生的畢業門檻中加入科技論文發表這一項。這對

碩士班研究生的影響比較小，但是對博士班研究生的要求則是普遍性的。如**國立中興大學食品暨應用生物科技學系博士學位考試申請辦法第七條**規定：「博士候選人須將博士班就學階段中所作論文發表於國內外學術性期刊，且達到所定計點八點（不含）以上，且其中一篇需為 SCI 引用期刊論文。」

第五條：「論文所刊登之期刊應為 JCR 收錄之 SCI 期刊，每篇計點八點；論文刊登於非為 SCI 所引用之國外具有審查制度之學術期刊者，每篇計點六點；論文刊登於全國性學術期刊者，每篇計點四點；論文刊登於其他有審查制度的校內性期刊者，每篇計點二點；論文已正式被接受且有證明者，視同已刊登。獲得國內外發明專利者，國內發明專利每件計點四點，國外發明專利每件計點六點。」

第六條：「論文發表時學生為第一作者或二名作者之一者，以 100%計算點數；三名作者以上之第二順位時以 50%計算點數，第三順位時以 25%計算點數，其餘不予計點。」

一般各系所都會原則性規範博士班研究生的畢業條件，以上述的例子（十點）來說，只要一篇第一作者的 SCI 期刊論文（八點），再加上國內或校內刊物的論文即可（四或二點）。但是各系所的指導教授所定的內規就不一定如此，一般指導教授只採計第一作者的 SCI 期刊論文，有些

指導教授要求博士班研究生需要三或四篇才能畢業，甚至還有規定到要刊登於幾分以上的期刊才採計的，基本上都會比系所規定的更嚴格些。

2.5.5　應徵工作

　　博、碩士研究生畢業後所找的工作除公司、工廠等業界或轉行外，多半會回到熟悉的學術研究工作，那就是研究機構或大學機構。而研究機構對新進人員的徵聘也很看重科技論文的發表，當然論文篇數、SCI 和 SSCI 期刊的衝擊因子及其排名也會在考慮之內。而大學機構對教師初聘的評審標準可分為教學能力和研究兩項，所占的百分比依升等的等級不同而不同，如國立中興大學農資學院初聘教師評審標準表所列助理教授、副教授和教授的配分分別為10%和90%，15%和85%及20%和80%。在學術著作(80~90%)的細項著作外審成績、代表著作和研究論文中，助理教授、副教授和教授的配分分別為 28%、40%和22%，30%、20%和 35%，35%及 25%、15%和 40%。

　　初聘的著作外審成績也是以 70 分為及格，代表著作則為以第一作者或通訊作者刊登於該學術領域列名 SCI、SSCI 或 EI 期刊者。五年內研究論文（不含代表著作）依是否刊登於該學術領域列名 SCI、SSCI、或 EI 期刊及所屬系所教評會期刊評量等級與作者排名順序，予以評分，每篇得 1~5

分。所需的篇數依初聘的等級不同而不同。隨著大學機構對科技論文發表的重視，教師初聘所需的論文篇數及 SCI 期刊論文篇數會逐年遞增，且所刊登期刊的衝擊因子和期刊在該學術領域的排名也會在要求之內。

2.6 撰寫科技論文的理由

2.6.1 壓力

若讀者是身處於上述被科技論文影響到的研究領域，那麼正好就是需要撰寫科技論文最好的理由。有這撰寫科技論文壓力的人包括博士班研究生、博士後研究員、大學教師和研究人員。許多國內知名的大學機構各系所已經訂定博士班研究生畢業的要求，其中科技論文發表是主要的一項，其要求內容包括 SCI 期刊論文篇數、期刊的衝擊因子分數、期刊排名、作者序位等也訂得相當詳細清楚，這常是博士班研究生畢業的瓶頸，或可說是博士班研究生的夢魘。

許多國內知名的大學機構已訂定教師升等的條款，有說五年條款或說八年條款不等。升等變成初聘教師的壓力，而升等最主要看的還是學術著作，如前述的包括代表著作和研究論文，其中每篇論文分數的採計也定得很詳細

清楚。研究機構有學術研究的責任與義務，而機構內的研究人員最主要的工作就是從事學術研究，並發表研究成果。但現在對研究成果的發表是以科技論文的方式來呈現，因此也造成研究人員莫大的壓力。

　　讀書有壓力，上班和工作也會有壓力。壓力並不可怕，只怕沒壓力反而變成沒動力。適度的壓力可以變成向前衝的動力，適度的壓力可以使人集中精神，激發創意，也是潛能開發的助力。有效把握且妥善運用適當的壓力可以達成我們的目標，順利畢業取得博士學位，順利升等至最高等級。有壓力不見得是件壞事，端看你如何去運用、去面對而定。

2.6.2　獎勵與成就

　　雖然有些大學機構消極性的規定每位教師每年需要發表 SCI 或 SSCI 期刊論文幾篇，但是仍有積極性的獎勵辦法。例如只要是發表 SCI 或 SSCI 期論文都可以請領獎勵金，該期刊排名在前面者領得更多，該期刊的衝擊因子超過 5 以上者獎勵金更高。這些都是以積極鼓勵的方式來獎勵發表科技論文。然而，消極的規定每人每年最少幾篇科技論文也是需要的，因為倘如無此消極的規定，必會造成有人做很多研究，寫很多論文，還是有人不做研究、不寫論文，也沒有壓力，日子一樣悠閒的過。

　　若累積學術研究成果到能獲得科技部的傑出研究獎或其他學會的學術研究績優獎或傑出獎，也是一項無上的殊榮，更是一項學術研究的肯定。若能獲得學術上的終生成就獎勵，對於從事學術研究的人是件很光榮的事，但是這些都不是很容易得到的榮譽。至於中央研究院的院士和諾貝爾獎更是學術界最高的榮耀，但對我們這些從事應用科學的人而言，那是可望而不可及的。

　　同樣地，研究生雖然有畢業的壓力才來撰寫科技論文，但是一樣有獎勵金。如**國立中興大學學生學術論文獎勵辦法**規定申請獎勵的論文須發表於 SCI、SSCI 或 A&HCI 之學術期刊論文。申請人須為本校在學學生，須為論文之第一作者，而論文通信作者須為本校編制內教師及研究人員。該獎勵辦法對該期刊衝擊因子、期刊排名以及 A&HCI 的獎勵金額都訂定得很詳細清楚。除了學校的獎勵，還有各學院各系所的獎勵，可說是獎上加獎。而上述的學生不限於碩士班和博士班的研究生，連大學部（學士班）的學生一樣可以請領獎勵金。說清楚一點，也就是說要能發表科技論文就有錢可以領。

2.6.3　享受

　　從事學術研究的人，就會去發表科技論文，因為這樣才能把自己的研究成果公諸於世。研究成果的發表對研究

人員而言是一種自我的表現和自我的肯定，那種自信的感覺很不錯。當研究成果累積到一定程度時，研究人員細數著一篇篇的研究成果，似乎在述說著學術生涯歷歷的旅程。然而，因學術研究成果而得的獎勵就如將軍身上的功勳獎章，一樣能讓研究人員沉迷其中，似乎也是一種享受。身為教授，若不進行學術研究，若不發表科技論文，就像是解甲歸田的將軍手下沒有士兵。大學機構除了教育、推廣與服務外，就是從事學術研究發展，進而提升國家的競爭力。

第三章　作者指引與投稿要項

3.1 作者指引

能夠發表的科技論文都是經過期刊社審查過的，即論文內容經過期刊社的考核而允許刊登的。科技論文的內容撰寫也有一定的格式，每種期刊都會整理出一個格式要點來規範所發表的論文，而此格式要點稱為作者指引(author guide, style guide, or instruction to author)。

作者指引的一般內容包括：出版機構、期刊領域、投稿事項、稿件格式、圖表格式、審稿策略、版權轉移、抄襲、利益衝突、版頁收費、抽印本(offprint or reprint)訂購等有關事項，其中最重要的是稿件格式及圖表格式。當確定要投稿的期刊後，就可以依其所規定的來格式撰寫論文。筆者建議讀者能熟記一篇指導教授常參考、常投稿的期刊格式，這樣才能熟悉整篇稿件的格式內容。當需要換成另一種期刊時，才能依據所熟悉的格式，瞭解彼此間的差異而能很快的改換成另一種格式。

3.2 投稿的注意事項

以下為投稿應注意的一些事項，而每種期刊亦會公告一些有關規定，因此在寫作稿件前宜熟讀該期刊的作者指引，以符合該期刊的特色要求。

3.2.1 一般規定

1. 投稿的學術稿件必須是未發表的原始研究報告

　　科技論文最基本的要求就是報導未曾被人發表過的原創研究成果，除非是以摘要的形式發表，演講或學術論文發表的一部分。在學術領域是相當競爭的，一旦完成實驗獲得新的科學觀點後，都希望能盡快發表，以免錯失先機。倘若一旦被人家搶先發表，不管是否自己是先完成的（沒有發表的證據）或自己的研究成果比他的好，但是先發表則有明確的證據（論文上有收稿和接受的日期）證明其發表的時間。因此這篇稿件變成會重複他人研究的報告，而毫無創新而失去發表的意義。若作者堅持要投稿，以現在完善的文獻搜尋系統而言，期刊主編甚至審稿人很快就能找到那一篇已發表的論文，因此這篇稿件就注定會被退稿。

2. 稿件的語言

　　為促進國際性的學術交流，期刊都會要求投稿的稿件採用英文，最好是英式英文(British English)。科技論文以英文撰寫才能使新的科學知識與世界各地的學者分享。

3. 稿件不宜同時投向兩種或多種期刊

　　稿件不能一稿兩投(parallel submission)，包括任何語言，這是從事學術研究者最基本的認知。一旦被察覺，一般是被審稿人發現，則將被該期刊退稿，並將會被列入有

違反學術倫理嫌疑的黑名單中。也就是說稿件一次只能投向一種期刊，在經歷漫長的審稿過程，得到退稿的通知後，才能改投向另一種期刊，當然再次投稿的稿件需經修改以符合那一種期刊的格式規定。因此，有些期刊在投稿時就需要通訊作者附上已填寫的版權轉移表(copyright transfer form)，以確保該期刊對此稿件擁有版權，避免糾紛。當該稿件被退稿時，該版權轉移表雖並未寄還給通訊作者，但一般的認定是該版權轉移表已失效，所以可以改寫後另投向其他期刊。

4. 準備投稿的稿件必須是所有作者都允許的

因為許多期刊不希望有作者不同意該稿件的數據被發表出來，所以有些期刊會希望通訊作者在封面函中說明清楚。這種情形常發生在有些作者是在政府單位工作，稿件的投稿和最後的發表都需要政府相關權責單位的審核和同意。事實上，當我們知道自己成為該稿件中作者之一時，都會很高興，應該不會說不同意的。

5. 會員是否為投稿的必要條件

許多期刊都是學術性學會的出版物，常常是該學會會員發表學術研究成果的園地，這種情形常常會限制該期刊內容的範疇，並影響其國際化的程度。現在許多期刊已經不再要求通訊作者或其中作者必須是該學會會員的規定。

6. 通訊作者必須取得版權擁有者的同意，以便再製其圖表

　　當稿件中有使用已發表的圖表時，所投稿的期刊都會要求通訊作者去徵求版權擁有者的同意，以便援用其圖表或重新製作。這牽涉到投稿的期刊將對該稿件擁有版權，而該稿件卻含有別人擁有版權的圖表，這很容易引起糾紛。除非萬不得已必須使用其圖表，盡量在稿件中以文字敘述其結果，並將其作者列入參考文獻中即可。因為使用他人圖表，牽涉並侵犯到另一期刊的版權，必須徵求該期刊同意並取得書面同意書才行。至於該作者，禮貌上也可徵求其同意，雖然他並不擁有版權，只是知會他有關他發表論文中的圖表被援用或被再製。

7. 建議審稿者

　　各期刊會在作者投稿的同時建議寫出 3~5 位審稿者的名單，而審稿者不為同一單位且最好來自其他國家。此外，審稿者與作者不應有合作關係或在其他期刊論文為共同作者(co-authors)。

8. 利益衝突與研究經費來源

　　稿件是否有利益衝突(conflict of interest)或其研究經費來源可以在謝誌或依作者指引所規定之處說明。

3.2.2　版權轉移

　　各期刊社對於所出版的科技論文皆擁有版權。因此，通訊作者應在適當時機將版權轉移給該投稿的期刊，而適當時機是指：

1. 當投稿時，與稿件一起。站在期刊社的立場，收到稿件時，有著版權轉移表就可以避免一稿多投造成的紛擾。

2. 當修正後，與修正稿(revised manuscript)一起。以作者而言，收到審稿結果的信函，附帶著要填寫版權轉移表意味著該稿件被接受的可能性極高。

3. 當出版部通知收到已接受的稿件時，會要求通訊作者簽署版權轉移表，然後回傳給該期刊，或在網頁上簽署版權轉移。

4. 校對後與校對稿(proof)一起寄給期刊出版部。校對完校對稿後，將修正的校對稿和版權轉移表一起或分別（不同負責人員）回傳，或在網頁上簽署版權轉移。

　　但實際情況依各期刊的規定處理。重點是期刊未拿到該稿件的版權轉移授權，表示該篇文章的行政程序未完成，即使校對稿上網了，也不會刊出，這一點是作者需要注意之處。

　　對於開放取用得期刊而言，則不需要簽署版權轉移，由於是作者付費，版權自然屬於作者。至於期刊論文的下

載、複製、分享、重製、發行或傳輸，則不需作者或出版
社的同意，只需誠實地引用該篇期刊論文的出處即可。

3.2.3　研究中使用人體或動物

　　人體試驗的科學研究應清楚地陳述出，該研究是否經
該研究機構或國家級的倫理委員會或人體試驗委員會審查
通過及事先徵得受試者的認知同意，並親自簽字認可。該
委員會的設立在遵從赫爾辛基宣言（Helsinki Declaration，
1964 年訂定，2004 年修正）所訂定人體試驗的倫理指導原
則，以確保受試人的權益。若使用動物進行科學試驗，該
研究應清楚地陳述出是否經該研究機構的動物管理和使用
委員會審查通過，及是否依規定來使用與照顧實驗動物。
越來越多的期刊會要求作者在投稿的稿件中說明此事，方
予受理稿件。

3.2.4　抄襲處理

　　所有的期刊論文都應該是原創的。抄襲(plagiarism)包括
但不限於無適當引用或說明出處的任何形式的複製或剪輯
（文字、圖像、數據或概念）。現在期刊都會採用比對軟體，
如 CrossCheck。國內目前採用 Turnitin 論文原創性比對系統
對碩博士論文及期刊論文進行比對。最常見的抄襲是前言
與實驗方法的全文照抄，尤其發生在作者一系列的期刊論

文中，很奇怪的是抄自己的也不行，照標準的實驗規範寫也不行。總之，就是不能與發表的期刊論文寫得一樣就是了。一旦發現與已發表期刊論文的文字相符率過高，則需要改寫或改述相符的語句，以避免與發表的期刊論文相符。

期刊社對於抄襲的處理為：在審稿時發現有抄襲情事，嚴重時則直接予以退稿；若已接受或發表時，則發表聲明並予以撤除，並保留知會作者的研究機構有關抄襲情事的權力。

3.2.5 版頁收費、抽印本訂購、彩色頁收費與英文修改費用

以前科技論文的排版是請人打字，所以出版時都是按頁數收費的。現在都採用電子檔排版，因此很多期刊已經不再收取排版的費用，但是也有新花樣，就是強制收取一定額的出版費。至於抽印本，一般是可買可不買的，也有不買最低限額的抽印本就不予刊登的期刊。所幸現在網路盛行，紙本已經式微，漸漸不再有購買抽印本之情事，反而是期刊社會免費給予作者.pdf 檔案，但也有作者需自行購買的情事。彩色頁收費在早期紙本發行時，有時每一彩色頁可收取多達二、三百美元的費用。然而，現在期刊論文採用網路發行，改用彩色的圖會更討好。

此外，有些期刊，尤其是日本的期刊會在稿件接受後送去做英文修改或潤飾，但卻是要通訊作者付費的。有關這些費用，建議讀者在投稿前一定要再一次詳閱其作者指引。

3.3 文件檔案格式

現在的論文或稿件都是在個人電腦上製作，然而其紙張規格仍然有所規範的。首先要設定 Microsoft Word 文件檔的格式。

3.3.1 文件檔案的版面設定

紙張採用 A4 (21 × 29.7 cm)，而 letter size (8 ½ × 11 in) 大概只有美國在用。邊界設定在上、下、左和右都是 2.54 cm (1 in)，或依期刊的作者指引所規定。方向設定為直向，當有較大圖表時，可以採用插入之分隔設定之分節符號處理，即先將檔案分節後，再將方向設定為橫向，即可插入幾張橫向圖表，之後再將檔案分節處理後，改回直向。

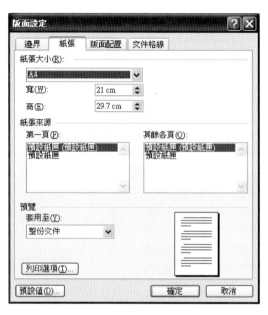

　　文件格線之每頁行數設定為 25 行（直向），即所謂的
雙行距(double space)規定，適用於稿件整體（含圖表），而
當文件設定在橫向時，則只有 16 行。但在段落設定上，與
前後段距離為 0 列，且行距為單行距離。雖然，稿件格式
的一般規定都採用雙行距，即 25 行，但對於表格，若能加
簡單幾行，而全部表格內容皆可放置在一頁中，則不受其
限制。在版面配置中設定編入行號，可採用每頁重新編號
模式或接續本頁。現在有些期刊已經在要求稿件的行號能
從第一頁一直連續編到最後一頁。

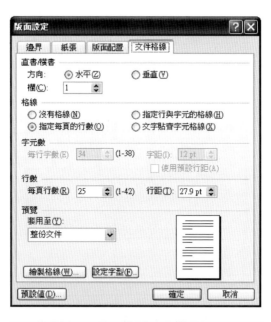

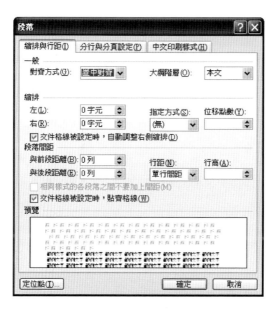

3.3.2　文件檔案的字型

稿件不採用中文字型，而只採用英文字型(font)中的 Times New Roman，其字型樣式為標準，粗體(**fold**)都用於題目、標題或次標題，而斜體(*italics*)都用於非英文的單字，如動植物的拉丁學名或 *in vivo, in situ* 和 *et al.*等。整篇稿件除非有規定，不然皆不劃底線(underline)和不做其他連結。

其字型大小(size)為 12，即整篇稿件包括文字和表格都採用 12 號字，圖內字型因為要縮版可以略大些，即 X 和 Y 軸的字型大小為 16（直向）或 18（橫向）及圖例的字型大小為 12（直向）或 14（橫向），詳細情形讀者可將圖形縮小後，與期刊的文章內的圖比對看看。至於上下標記則依程式設定。其字型色彩設定為黑色，整篇稿件都採用黑色

字體，亦不使用字型效果，因為學術性的科技論文都是很
嚴謹而呆板的。至於稿件後隨附的圖表，早期的期刊論文
是採用紙本發行，因而彩色頁的費用很嚇人，現在多半改
為網路發行，加上西方人對表內的數字比較頭痛，若能將
其轉換成彩色的圖會更討好。

還有，稿件主體內所引的文獻（如 Mau et al., 2003）和
所引的圖表（如 Table 1 和 Fig. 1）皆建議採用藍色字體，
以方便作者搜尋和審稿人查閱。此外，在修正稿內所修正
的部分建議採用紅色字體，以方便審稿人和主編等查閱，
但不要直接在修正稿上加註記，以保持稿件的完整，因為
修正稿經接受後，就是直接進出版部排版。

一般英文稿件常會出現中文字體，使用工具之字數統
計中出現全形字就是中文字體，接下來就只有一個個去找
出來。中文標點符號是稿件中常見的中文字體，尤其是頓
號（、）。有些人寫中文時會插入文件下面的標點符號，養成
習慣後，對英文寫作會造成困擾，建議寫英文時關掉底下
的標點符號表。此外，稿件中會使用中文字體還有℃（°C）、
±（±）、×（×）、希臘字母 α（α）、β（β）和 μ（μ）。還有，5'-（5'-)
雖不是中文但也常常用錯字。這些建議選用插入之符號裡
面的 Times New Roman 字型的符號表內去找出來。

3.3.3 文件檔案的重點整理

　　稿件的文句應該要左邊對齊，但不一定需要右邊也對齊，但是現在都是用電子檔而不需重新打字，因此左右皆對齊並不影響排版。但是右邊也對齊的稿件對審稿人而言，在審稿上比較辛苦，因為每行每個字母間的空格大小不一。因為是稿件尚未排版，不需要在右邊文句斷字，如(treat- ment)。這是期刊文章在正式排版時才需要去做的斷字處理，加上英文不是我們的母語，所以不要畫蛇添足去做不必要的事。

　　每一個段落在開始時，第一個單字退後至少五格，這樣就可以很快在一頁間看到一個段落。也有期刊並不規定每段落前面要退五格，而是段落與段落之間需空一行，以便區分每個段落。唯一例外的是參考文獻一節中每篇文獻從第二行以後都是退後至少五格。稿件在撰寫時，一個段落是由數個句子所構成，中間不使用輸入(enter)鍵，在段落結束時才用，以保持段落的完整性。一個句子中間也不可使用輸入鍵，以免造成斷行。輸入鍵只用於結束標題和段落而換行，不是用來斷句的。

　　一般常用的英文標點符號(punctuation)在鍵盤上都有，不必特別去符號表找來插入，除非是特殊的符號。英文的標點符號都是緊連在單字後面後，才空一格的，若是好幾個標點符號則在最後一個後面空一格，如 et al., 2003。但有

些不一樣的就是括弧，則是左括弧左邊空一格，右邊緊連單字，而右括弧右邊空一格，左邊緊連單字。至於每個句子間空一格或兩格皆可以，空兩格在 Microsoft Word 的文件中，距離拉得很開，可以很明顯找到一個句子的開始。

　　整篇稿件最好依照期刊的作者指引來製作，最清楚的拿一份該期刊的論文來作範本，這樣就比較不會差太多了。此外，參考文獻格式是每種期刊都不一樣的，所以要細心地一一按作者指引內的格式撰寫。假如稿件中有採用特殊的標記(notation)或單字拼法(spelling)，則整篇都要一致。就像要把稿件投到歐洲或英國的期刊，就要採英式英文拼法，如顏色拼成 colour，而整篇都是要一樣。在 Microsoft Word 的文件中，有些單字底下出現紅色波浪底線，表示該字在字庫內沒有，可能是錯字。錯字的處理方式是按滑鼠右鍵，選取正確的字，而字庫內沒有的字，則同樣是按滑鼠右鍵，新增至字典。至於一些子句或句子底下出現綠色波浪底線，可能是文法出現問題，若按滑鼠右鍵，並無建議處理方式，則需另請教英文達人了。

3.3.4　稿件檔案的重點整理

　　稿件以紙本印出時，都是只印在一面上，而不是雙面印刷，而且都是黑色字體。稿件一頁約有 300 字（英文），而一頁最好有三段，共 25 行；每段約有 3~6 個句子，每段

約有 5~10 行。如果一段太長會影響讀者閱讀的時間，而搞不清楚何時可以停下來換氣，這像游泳一樣，憋氣太久，人會不舒服。但對於審稿人而言，這就是很重要的事，因為一段太長，超過一頁時會忘記這一段的重點在哪？所以段落太長，也會影響稿件品質。此外，稿件的圖表總數約有 4~8 張即可，也有期刊嚴格規定最多 6 張圖表的。圖表少於 3 張太少，則需要合併其他結果，或補作些實驗，增加稿件份量；而大於 8 張圖表則可以拆成兩篇稿件，或刪去 2 張或幾張結果較不顯著的圖表成為一篇；若覺得被刪去的圖表很可惜，可以文字的方式在正文中予以敘述，或以補充圖表的方式與稿件一起上傳投稿，提供審稿的參考。

稿件整體總字數約在 4000~8000 個字間，太多會被退回而要求精簡，太少份量不足，容易被退稿。稿件整體總頁數大約在 30 頁以下，也有期刊要求總頁數不得超過 16 頁。以上皆是一般的認知，詳細情形依所要投稿的期刊在作者指引內的規定辦理。此外，整篇稿件的動詞建議採用過去式，而使用現在式句子並不多，畢竟內容都是已完成的研究成果。還有，除非是以文獻作者當主詞外，全篇稿件沒有你、我和他等人稱用語，即使有，也很少見。至於其他代名詞，如實驗樣品的他或他們(it, its or they, their and them)也盡量少用，因為有時會在句子中找不到對應的主詞，而不知所指。

3.4 電腦程式與檔案

現在稿件的寫作都是採用個人電腦，而稿件整體 (manuscript.doc)的檔案形式是 Microsoft Word 軟體的.doc 檔。而圖建議採用 SigmaPlot 軟體，或採用 Microsoft Excel 軟體製作。化學結構可採用 ChemDraw 軟體製作後，以.tiff 檔儲存。數學計算式及其他圖形(graph)或圖式(chart or scheme)可用適當軟體製作。若檔案太大可以雷射印出後，經掃瞄成檔案。還有，其他儀器所製作的圖表可以雷射印出後，經掃瞄成檔案。當然，除掃瞄外，也可將各圖形檔案轉成.pdf 檔，再剪切所要部分存成檔案。

重要的是所有 Microsoft Word 軟體以外的檔案，盡量都插回（插入或貼上）稿件整體，以保持一個稿件的完整。也就是說，把稿件正文（包括題目頁、摘要、稿件主體、參考文獻、表、圖標題和圖）都放在一個檔案內。然而，圖除了插入稿件中，方便審稿外，另外圖應個別存有.tiff 或.jpeg 檔案，其解析度要在 300 dpi 以上。屆時稿件被接受時，可以上傳排版，以確保該期刊論文有著清晰的圖像。

將圖插入稿件中，一般都建議以插入方式較佳，因為插入的檔案會較貼上的小。另外，稿件整體也可存成.rtf 檔 (Rich Text Format)，方便其他電腦系統或軟體的取存應用。同時，稿件不能是加密碼保護的(password protected)檔案，且稿件要經病毒檢測程式掃瞄通過。

　　由於電腦軟體隔幾年就有新版問世，而研究者，尤其是研究生常常跟得上時代，也就是說常常更新(update)其個人電腦的軟體。熟不知期刊編輯部和出版部的規模都比較大，還有為保持檔案的一致性，並不一定隨時更新其系統和軟體，大約都要等上個一、兩年後才會更新系統和軟體。研究者（研究生）用新版軟體製作的稿件有時不一定能完成線上投稿的步驟，有時可以完成，但期刊編輯部會通知檔案開不起來或都是亂碼之類的情形。所以建議在投稿前，熟讀該期刊作者指引並查明其採用的電腦軟體版本，以免發生稿件的版本太新而期刊無法閱讀的情形。當然，重要的是不要更新當年度新出的版本，以免與期刊的系統和軟體不相容。

第四章　科技論文的格式與寫作

4.1 論文種類

科技論文的種類主要分為下列三種：

1. 研究論文

研究論文(Research paper)描述原始研究結果的完整報告，或稱為原創性的報告，包括詳細的實驗方法、結果和討論。這種研究論文就是本書所要討論的科技論文，總字數約在 4000~8000 個字間，通常出版後大約有 6 頁。原創性的論文具有以下一或多個特點：新的實驗材料、新的研究方法、新的研究成果、新的理論與解釋或新的應用領域等。

2. 研究短文

研究短文(Research note)常屬於新發現或新發明，為求盡快發表的研究報告，在文章內除摘要外並不分節（無各節標題），而是把前言、材料與方法、結果及討論都寫在一起，通常出版後大約有 3 頁。

3. 研究回顧

研究回顧或評論(Review)常由資深研究者針對某一專題，將全世界多年已發表的研究成果所整理出來的回顧或評論。以前有紙本專書發行時，都是邀稿的。但是現在學術期刊社亦歡迎投稿，當然頁數與文獻引用數亦有其特別的規定。

4.2 科技論文與稿件

　　科技論文為發表學術研究成果的論文，或因刊登在學術期刊上故又稱為期刊論文(journal paper)。因為期刊論文都是經過審查而發表的學術研究著作，科技部將其稱為refereed paper。期刊論文與學位論文(thesis or dissertation)或學術論文(academic thesis)不同。學位論文是指以獲取學位為目的而寫成的論文，其格式依各學校而定，分為學士論文、碩士論文或博士論文。然而，科技論文在期刊編輯部或出版部中稱為文章(article)。

　　科技論文與報告不同的地方在於論文都會去討論所得的結果，對其研究成果所代表的意義加以詮釋或解說，對其研究目的、實驗材料和方法、假說及所得的結果都加以討論，並與前人的發現相比較。科技論文的重點在於討論，討論的內容才是論文的價值所在。假如一篇論文有結果但無討論，只能算是一篇報告而已，因為報告只要完整、正確且誠實地記載，經過統計分析的結果即可。

　　科技論文一般是指已出版的文章，而在撰寫、投稿、審稿期間皆稱為稿件(manuscript)。一旦被接受後，即變成已接受的稿件(accepted manuscript)，在此以後即可稱為科技論文。在本書中由於在說明科技論文的撰寫與投稿，其重點放在尚未接受與尚未出版的科技論文部分，也就是稿件部分，因此在本書中的科技論文即是指稿件。

4.3 論文格式

科技論文格式在此稱為稿件格式。一篇論文或稿件可視為一個論文整體或稿件整體(Assembly of manuscript)，不同的期刊會有不同的稿件格式，確定要投稿的期刊後，就可以依其所規定的稿件格式來撰寫論文。以下為一般期刊的稿件格式，依序包括各個基本的構成要素：

1. 題目頁(Title page)：第一頁（首頁）。

2. 摘要和關鍵字(Abstract and Key words)：第二頁。

3. 前言(Introduction)：第三頁及以下。

4. 材料與方法(Materials and Methods, M&M)或實驗程序(Experimental Procedures)。

5. 結果(Results)、討論(Discussion)或結果與討論(Results and Discussion, R&D)及所用的縮寫(Abbreviation used)。

6. 結論(Conclusion)。

7. 謝誌(Acknowledgements)和參考文獻(References)或引用的文獻(Literatures Cited)：另起新頁。

8. 表(Tables)：每表一頁。

9. 圖標題(Figure Captions or Legends)：都在一頁上。

10. 圖(Figures)：每圖一頁。

11. 補充的資料(Supplementary Information)：不在稿件內，
    另存成檔案。

　　其中前言、材料與方法、結果與討論及結論等節可整
合起來稱為論文主體或稿件主體(manuscript body)或稱為正
文、本文或內文(text)。

　　整篇論文或稿件可以分解成結構的元件，包括節
(section)、段(paragraph)、句(sentence)和單字(word)等不同
的結構層次。綜合其格式內容的順序和結構元件的層次，
最後整合成一個論文或整體稿件整體。因此，一篇稿件可
表解如下：

		節（標題）	段（次標題）	頁數
論文（稿件）整體		題目、作者		首頁
		摘要（關鍵字）	一段	第二頁
	論文（稿件）主體	前言	約三段	第三頁起
		材料與方法	幾個次標題	
		結果與討論	幾個次標題	
		結論	一段或兩段	
		參考文獻	每個文獻一段	
		各表	每表一頁	
		圖標題	一頁	共一頁
		各圖	每圖一頁	

　　然而，整篇論文或稿件的主軸(backbone)是圖表序列(table and figure sequence, T&F sequence)，即以排序好的圖和表順序貫穿整篇論文或稿件，作為論文或稿件撰寫的模版(template)，而材料與方法及結果與討論都依此圖表序列來撰寫，前言一節的最後一段也依圖表序列寫出實驗方法。

4.4 首頁－題目、作者

4.4.1 題目

　　科技論文的題目或標題(title)是很重要的資訊，主要提供論文的內容大要，基本上是複合的名詞，但也有的是一個完正整的句子。一個好的題目應該能(1)簡潔地鑑別出主題，(2)指出研究的目的，及(3)盡早給予重要與高度衝擊的詞彙。一位讀者常根據其題目來決定是否應該進一步閱讀該篇科技論文的摘要。

　　題目要精簡扼要，其字數要越少越好，但要能涵蓋並說明其研究內容一般有限制空格數(space)在 300 個以內，但不能太概括地陳述，需特定地說明內容。英文題目需省去冠詞(a、an 和 the)，同時有些題目以 "Study on"、"Investigation on"和"Research on"開頭的都需要省去，因為科技論文就是研究，所以不要浪費空格數去重複陳述。

在題目中不宜使用本篇論文中才會出現的非常用縮寫，也不要去鑄造一些縮寫，更不要用化學式。其次，不宜使用商標名或具有版權的名稱。當然，更不要採用研究序號，如菇類研究第 10 報。

有些期刊在論文上面左邊（偶數頁）會出現作者名，如 J.-L. Mau et al.，而右邊（奇數頁）會出現短題目或小標題 (running title)，用以辨識每篇論文，如 "Nonvolatile components of *Agaricus bisporus*"，一般限 60 個空格以內。

4.4.2　題目實例

以下是筆者所發表的論文題目，在此作為實例供參考，其排列依較好的題目依序至一般常用的題目。在題目的第一和第二例中，是採用一個完整的句子來說明研究上的發現，其中第一例的動詞用現在式表示。在英文中動詞用現在式是表示事實，而事實上筆者原來的稿件是用過去式的，這是期刊編輯部所修改的，但並不表示此發現將來不會被推翻。

1. Stipe trimming at harvest increases shelf life of fresh mushrooms (*Agaricus bisporus*).

2. Ultraviolet irradiation increased vitamin D_2 content in edible mushrooms.

3. The shelf life of *Agaricus* mushrooms.

4. Free and glycosidically bound aroma compounds in lychee (*Litchi chinensis*) Sonn.

5. Characteristics of the steam-distilled oil and carbon dioxide extract of *Zanthoxylum simulans* fruits.

6. Use of 10-oxo-*trans*-8-decenoic acid in mushroom cultivation.

7. Selected cultural and harvest practices to improve quality and shelf life of *Agaricus* mushrooms.

8. Detection of organochlorine pesticides during the preparation of vitamin E concentrate.

9. Factors affecting 1-octen-3-ol in mushrooms at harvest and during postharvest storage.

10. Effect of 10-oxo-*trans*-8-decenoic acid on mycelial growth of *Pleurotus eryngii.*

4.4.3　作者

　　科技論文的作者(author)都是對此篇研究，包括計畫擬定、實驗執行、結果分析和稿件寫作有直接貢獻的人。一般期刊都允許作者將全名拼出來，所以盡量不要只拼出姓氏，而名字用縮寫但不能放上職稱或職銜。全名拼出來，依西洋方式名字在前面，姓氏在後面，自己看了也高興，

雖然中文同音字很多，但至少一看便知道是自己，如 Jeng-Leun Mau。不然，拼成 J.-L. Mau，真的連自己也不知道是誰。至於全名拼音要與護照上所用的拼音一致，不然出國開會邀請函的姓名和護照上面的不一樣，這要申請簽證可能有些困擾。若還沒有護照，那要上外交部的網站去找出適當的拼音。

作者行(author line)中作者排名的順序或稱作者序位很重要，兩個最重要的作者是第一作者和通訊作者，都算是 100%。一般認定每篇科技論文中最有貢獻的是這兩個作者。第一作者就是作者行中排名第一的作者，在一般的認知，第一作者是這篇論文研究的主要執行人，但是做實驗的人，還是寫論文的人，或既是做實驗、也是寫論文的人，就沒一個定論。不過筆者比較傾向認定第一作者是寫這篇科技論文的人，並不一定是作這研究的人。然而，通訊作者不限於序位在哪裡，只要後面標上星號(*)的作者就是通訊作者。至於第一作者和通訊作者是同一人，即第一作者後面標上星號，也是有可能的，尤其是在學術界以這篇論文作為升等的代表著作時。

通訊作者可說是該篇科技論文的負責人，通常是研究室或研究計畫的主持人，從稿件投稿開始，所有的通訊聯絡都是找他，包括收取審稿結果，寄出修正稿，收取校對稿，簽署版權轉移，購買抽印本，付出版費用等都是通訊

作者負責的，甚至在發表之後，若有發生偽造數據、論文抄襲或其他違反學術倫理的問題都是找他。所以通訊作者也不好當的，但只要是自己帶領和指導研究生做研究，對數據和論文內容都能遵守學術倫理的原則，就不會有這方面的問題了。

　　國科會（現科技部）學術倫理案件處理原則第二條（適用範圍）：「申請或取得本會學術獎勵、專題研究計畫或其他相關補助，疑有違反學術倫理行為者，適用本原則處理。前項所稱違反學術倫理行為，指研究造假、學術論著抄襲，或其他於研究構想、執行或成果呈現階段違反學術規範之行為。」第九條（處分方式）：「審議委員會就違反學術倫理案件之調查結果，進行審議，如認定違反學術倫理行為證據確切時，得按情節輕重對被檢舉人作成下列各款之其處分建議：一、停權終身或停權若干年。二、追回全部或部分研究補助費用。三、追回研究獎勵費。」第十條（嚴重違反行為之處罰）：「嚴重違反學術倫理之研究數據造假或抄襲行為，應予終身停權。」此外，**國立中興大學教師發表論文與著作學術倫理規範**對於該校教師之論文作者排名與掛名皆有所規定。

　　其餘作者對此篇論文的貢獻當然是排名越前面貢獻越大，至於貢獻多少很難定義，就以前國科會生物處（現科技部生科司）對研究人員所用的研究表現指標(RPI)為例來

說明。該 RPI 的計算有其公式,其中有關作者排名加權分數的規定可以窺知作者排名的貢獻率如何,即第一作者或通訊作者:5 分(100%),第二作者:3 分(60%),第三作者:1 分(20%),及第四或以後之作者:0.5 分(10%)。

　　一般期刊都不限作者人數,所以常常看到一些科技論文有一、二十位作者,有些是把研究單位或實驗室的人都掛上去,讓大家分享研究成果。但現在一些期刊開始在限制作者人數,有些期刊在投稿時需要輸入每個作者姓名,最多只能到五個,這種投稿系統便能強制限制作者人數。此外,每位作者都只有姓名,沒有職位、頭銜和學歷,因此教授和研究生都一樣大,主任和助理也一樣大,作者行是依貢獻多寡來排順序先後,而不是依職位、頭銜和學歷的大小來排順序。

　　第一作者或通訊作者在撰寫稿件時先把對此篇稿件有貢獻的人列表出來,扣除一些研究助理(也有把研究助理列入作者的)、工讀生、實習生或只是略微幫忙的人,然後按其貢獻的程度安排其所在的順序。至於有些與學術界沒關係的人就可以將其放在謝誌一節中一併感謝。至於作者要放多少個,還有誰要放在第幾位,除非該期刊有規定人數,不然都不會去干涉。因為科技論文是屬於真正貢獻的人,所以在此衷心建議盡可能減少作者的人數。

　　由於有些研究機構對所屬人員發表的科技論文會給予獎勵，而獎勵對象只限於第一作者或通訊作者之一，也就是說同一機構內只有一位可以得到獎勵，因此一些科技論文，尤其是高衝擊因子的科技論文開始出現兩個通訊作者，也就是說有兩位作者後面標上星號，或第一作者和另一位作者後面會標上記號（如†），然後附註說明此兩者對本篇論文有相同的貢獻(equal contribution)。若一篇論文四個人，兩位是通訊作者，另兩位是第一作者，四個人的貢獻都是 100%，這太誇張了，但是都發表了，就表示該期刊社不會管。若這四個人來自四個機構，都可以去申請獎勵，這也不太像話。因此，有些研究機構就想出辦法來，當然只有第一作者或通訊作者之一可以申請獎勵，若該篇論文的通訊作者申請獎勵，而該篇有兩位通訊作者時，該研究機構就把獎勵金除以二，因為沒有 200%的，只有 100%兩個人分。

　　國科會生物處在 RPI 計算時，對相同貢獻作者，除須附該論文註明「相同貢獻作者」部分之影本外，並對人數進行規範，如有 2~3 位相同貢獻作者時，均以其排序之加權分數計分；有 4~6 位時，均以其排序之加權分數 60%計分；有 7 位及以上時，均以其排序之加權分數 20%計分。此外，另規定相同貢獻之作者均視為同一排序，其後一位作者之排序則以其在所有作者中之序位計算加權分數；以上計分若未達 0.5 分者均以 0.5 分計分。

至於投稿後想要更動作者的順序或加減作者，在稿件接受前都是可以的，最好在修正時一併處理。但在接受後則需依照期刊的規定，除了寫信告知主編增加或刪除作者的理由，還要附上所有作者的書面同意，在文書處理上相當麻煩。

4.4.4　服務機構

所有作者從事本論文實驗的服務機構(affiliation)都要寫明，從單位、機構、路名、地名、縣名、州（省）名、國名等都要寫清楚，如：Department of Food Science and Biotechnology, National Chung Hsing University, 145 Xingda Road, Taichung City 40227, Taiwan, ROC。若有作者畢業後換工作，應寫做實驗的地址，不是其現在的地址，也不是住家地址。若有作者們各在不同的地址時，要標明清楚，即在作者姓名後面標示，其標示法有：

1. 1、2、3 和 4。

2. a、b、c 和 d。

3. †、‡、§和¶。

4. 其他標示法。

但不能用到*，因為這是通訊作者專用的。國內許多研究機構，包括學校的郵遞區號都是五碼，為了快速收件，應該要寫明，即使現在寄郵件的機會不多了。

　　一位作者假如是兩個研究機構合聘的，或在研究和論文撰寫期間跨兩個研究機構，或在一個研究機構服務而到另一個研究機構進修，都可寫出兩個研究機構。只有通訊作者才寫出其電子郵件信箱(e-mail address)、聯絡電話和傳真電話，而電話前面加上+886，以方便期刊通訊與日後讀者聯絡之用。

4.5 摘要

　　摘要是一篇稿件的縮影，也就是縮小版的科技論文。摘要一節是放在稿件的第二頁，而整個摘要成為一段，不能分段，字數約在 150~180 個字，更有期刊限制在 150 個字以內。摘要主要在說明這篇論文的貢獻，其內容包括研究目的、描述實驗方法、重要數據、研究成果和一句結論。摘要是整個稿件主體濃縮而成，把數千個字縮成 150 個字，確實不是件容易的事。因此，摘要一節的句子都是片段式的敘述組合而成，看起來確實很吃力，畢竟這麼少的字數要寫明整個論文的重點，是需要一些時日的練習。

　　摘要內不能簡介一些背景資料、不能討論、不能引用圖表、不能引用文獻及不能用縮寫(abbreviation)或字頭語(acronym)，除非要重複出現兩次以上。整節摘要的動詞建

議採用過去式，因為都是已完成的研究成果。摘要中常出現的寫作錯誤就是會用第一句話去重複陳述題目，把題目再說一遍，這是很浪費字數的。國人的摘要寫作常出現一個問題，也是錯誤，就是整節摘要沒有一個數據，但卻在說明哪一個現象比較好，哪一個含量比較高，哪一種方法比較有效。比較是相對的概念，沒有數據去支持作者的結果論述，這樣不夠具體，會變成很主觀的認定，甚至有被認為在誤導讀者之可能。審稿人會問怎樣好？怎樣高？怎樣有效？是多少比多少？摘要寫不好會讓審稿人有不好的第一印象，也可能是被退稿的理由。

稿件第二頁除摘要外亦包括關鍵字，而每篇稿件需提供 5~8 個關鍵字，依字母順序排列，以提供科技論文搜尋之用。但是，現在電腦的搜尋系統很厲害，全文都能搜尋，而關鍵字大概只可以拿來作分類用，因此有些期刊已經不需要關鍵字了。

4.6　論文主體

論文主體或正文包括前言、材料與方法、結果與討論及結論等四節，每節與每節是連續的，中間是不換頁的，而只是空一行而已。每一篇科技論文是在說一個故事，所以故事有其發展的順序，就是圖表編排的順序。稿件正文

的撰寫是依圖表的順序來進行，因此圖表應該是要先整理
的，然後依其實驗進行的圖表來說這個故事。

　　如前述，稿件整體總字數約在 4,000~8,000 個字間，以
下舉兩個稿件為例分析其稿件整體的字數分布，在此提供
參考。稿件主體因為是連續的頁數，所以計算起來比較細
膩嚴謹。

		稿件一		稿件二	
題目、摘要		2 頁	250 個字	2 頁	250 個字
稿件主體	前言	1-1/3 頁	350 個字	1-1/3 頁	350 個字
	材料與方法	3-2/3 頁	1,150 個字	5-2/3 頁	1,500 個字
	結果與討論、結論	4-1/3 頁	1,300 個字	7-1/3 頁	2,150 個字
參考文獻		32 個，4 頁	800 個字	38 個，4 頁	950 個字
圖表		5 表，6 頁	1,150 個字	4 表 4 圖，9 頁	800 個字
總字數		22 頁，5,000 個字		30 頁，6,000 個字	

4.7 論文主體－前言

前言一節主要在敘述這篇論文的背景和源起資料、簡介前人的貢獻，指出未解的問題、並說明論文的目的與重要性及簡述主要方法。前言共可分為三段，不加次標題，整節長度約為 1 頁至 1-2/3 頁。第一段在敘述研究的起源與背景資料，回顧相關的研究成果。也許前人研究很豐富，但不需毫無止盡的引用文獻，只要引用與本研究有關的文獻，而且是最近幾年的，能引用到研究回顧的報告更佳。前言第一段的動詞建議採用過去式或過去完成式，因為都是已完成的研究成果，但也有建議採用現在式的，那是把發表的結果視同事實來看待。第二、三段則可以指出問題之所在，作為本研究探討的主題，並說明本研究的顯著性，接著建立假說，擬定實驗計畫，再進行實驗探討，第三段則依圖表序列寫出實驗方法。第二、三段的動詞則採用過去式即可。

前言都是在敘述前人的研究，不要引用與主題不太相關的資料，也不要把本研究的數據、結果，甚至結論放到前言內，造成主題混淆不清的情形。前言一節要把歷年的研究整理出來，濃縮成 1 頁左右，相當的精簡扼要，確實是很難寫的部分。但是有些作者會在參考文獻中東抄一句，西抄一句，來湊成一段。這就很容易造成抄襲的問題，因為整句話都是人家的，雖然有引用文獻，但卻沒有加括

弧、加引號，有著抄襲的嫌疑。因此，若東抄一句，西抄一句，先湊成一段時，就要將句子改寫，加字、少字或搬動文句後，便與原稿不一樣，就不算抄襲。國人常是因為改寫太費時，且因為英文不佳，所以很容易發生整句，有時甚至整段都是人家的話，在現在很重視著作所有權的時代，這一點需要重視。

著作權法第九十一條規定：「擅自重製他人之著作者，處六月以上三年以下有期徒刑，得併科新台幣二十萬元以下罰金；其代為重製者亦同。」

4.8 論文主體－材料與方法

4.8.1 一般要點

材料與方法一節在敘述本研究所用的材料和實驗方法。材料與方法可使用次標題，整節長度約為 2~5 頁，不宜太長，以免有喧賓奪主之嫌。此外，材料與方法不另起新頁，而是接續前言後面，中間空一行即可。整節材料與方法的動詞建議採用過去式，因為都是已完成的實驗步驟。同時，因為材料與方法的主詞都是物品、樣品或藥品等，這些都是被處理、被加工的，所以在材料與方法的動詞大都是被動式的。

　　材料與方法的內容是要讓讀者能夠判定該篇論文實驗的可行性，及所得結果的可信度，所以材料與方法寫得不好，會讓人家覺得整篇論文的實驗不可行且結果不可信。若論文的重點是新的實驗材料、新的研究方法或新的技術，則對於新的材料需要詳細說明，而新的研究方法、新的技術或既有的方法作部分的修改，則需要花一些字句去說明其步驟或修改的部分，解釋使用新方法或新技術的理由，並與其他方法作比較。

　　材料與方法的內容要寫出完整的句子，不是照抄就好，照抄不改寫會有抄襲的嫌疑。一般的實驗方法、實驗手冊(manual)、科學實驗計畫(protocol)和操作步驟有出現不完整的句子的情形，因為都是以使役動詞開頭，告訴操作者每一步驟的命令式句子，就如食譜一般的程序，卻沒有主詞，動詞時態也不對。要是抄到這種簡易的實驗步驟，不被退稿才奇怪。

4.8.2　材料

　　材料與方法的開始，就是敘述所用的材料，因此要先定義或鑑定所用的樣品。假如所用的材料是中藥則需要鑑定是否確定是該中藥，寫出植物學名、藥用部位及產地。若是其他植物則需要有鑑定者，及植物分類學家的鑑定以示慎重；而來自菌種中心的真菌則需要把其取存編號寫

上，若是採集的，也要有真菌分類學家的鑑定。在此舉欖仁葉為例說明如下。欖仁葉的學名為 *Terminalia catappa* L.，後面 L.是發明生物命名二名法的林奈(Carolus Linnaeus, 1707~1778)。拉丁學名都用斜體字表示，除了屬名和種名外，再加上命名者(authority)，才是正確的。在學名第一次出現時要把命名者寫出來以示尊敬。L.和 Linn.都表示是林奈命名的物種，其餘的就不一定是。至於細菌則很少有人寫出命名者。有時比較多個同物種的植物或真菌要寫到其品種(cultivar)或菌株(variety, strain or line)名。而酵素則需要寫出其酵素委員會(Enzyme Commission, EC)的編號，如漆酶(laccase)為 EC 1.10.3.2。欖仁葉經過某專家鑑定後，其樣本置於某研究機構保存，這才是完整研究的程序。其原文引用如下：

"The identity of the leaf samples was confirmed by Dr. Sy-Chian Liu (Department of Botany, National Chung-Hsing University, Taichung, Taiwan). These voucher specimens were deposited at the Department of Food and Nutrition, Hung-Kuang Institute of Technology." (Mau et al., 2003, Food Research International, 36, 97-104)

有的期刊則對微生物（細菌、酵母和黴菌）、真菌、細胞菌株甚至動物品種要求要作菌種基因鑑定，並將基因序列以及與資料庫比對的結果併入在稿件中。

假如在研究中製備或分離出新產品或萃取物，則需要寫出其製備過程，並為其命名，當名字很長時，可以用縮寫表示，如固態發酵製備的桑黃米，稱為桑黃發酵米 (Phellinus-fermented rice, PFR)。若在摘要就出現時要把全名寫出來，若只出現一次，就不用縮寫字。若在摘要出現二次以上時，在第一次出現時除把全名寫出來外，並以縮寫加括弧表示，第二次以後就可以直接用縮寫字。但在正文時，因為摘要與正文是不一樣的格式，所以第一次出現仍然要寫出全名，並以縮寫加括弧表示，而可能先出現在前言，也可能在材料與方法才出現。但有些學術領域常用的縮寫字可以不需定義直接使用，如 DNA、HPLC 等。

4.8.3　藥品與儀器設備

接著是藥品，一般的寫法有兩種，可依期刊的規定來寫，第一種是在方法中每出現一個藥品，則在後面註明來源，包括公司名、地名、州名和國名，如 xylose (Sigma Chemical Co., St. Louis, MO, USA)，第二次出現同樣來源時，只要有公司名即可，如 ascorbic acid (Sigma)。而第二種是在材料的次標題後面，加一個次標題藥品，在這一段中敘述重要的藥品來源，來自同一來源的藥品可合併敘述，但需依字母順序排列。英文論文寫作的特點是只要有兩個單字以上，都需要排列，一般是以字母順序排列，對

他們而言，這是一個習慣，但對我們國人而言，則是需要養成的習慣。因為不可能把用到藥品都寫出來源，一些對研究而言不重要的藥品，可用一句話來涵蓋，即本實驗中所用的其他藥品都是分析級的(Other chemicals used in the experiments were of analytical grade)。

其他儀器設備因為無法集中說明來源，可以在陳述實驗步驟出現該儀器或設備時才在其後面註明來源，包括型號、公司名、地名、州名和國名，如Σ80 Color Measuring System (Nippon Denshoku Inc., Tokyo, Japan)。.

4.8.4　實驗方法

整篇稿件要使用國際單位系統（International System of Units，簡稱 SI 單位，源自法文 Système International d'unités）和符號，有些時候用到美國或英國製物品、儀器時就會疏忽掉，如過篩使用篩目，單位為 mesh，這是英制單位，需換算成公制單位，即 opening/cm，如 60 mesh 需換算成 24 openings/cm 或粒度 0.4mm。還有壓力單位在歐美一些國家採用 psi 也要換算成適當的 SI 單位。另外，當使用%時，需註明是%(w/w)或%(v/v)；當使用 ppm 時，mg/kg 會比 μg/g 易懂。總之，要使用大家比較能接受度量單位，就像人類的體重使用 kg 而不是 g。

　　材料與方法一節中引用一般可接受或已發表的方法和設備，以允許實驗可以被重複測試，一篇真實不作假的研究結果是經得起其他研究者重複測試的挑戰。若是作者採用新穎的試驗方法則必須詳細說明，以便接受審稿人的質問，及發表後其他研究者的挑戰。整篇稿件的實驗方法應依稿件主軸的圖表序列來說明實驗成果所採用的方法和程序。

4.8.5　統計分析

　　現今的科技論文已要求在其材料與方法的最後一段加入一個次標題「統計分析」，以顯示現在科學方法中仍需要以統計的分析來確認數據之適當性。統計分析宜包括以下內容：

1. 重複試驗數(Replication, n)：一般都是採用三重複。有些期刊論文在材料與方法的實驗分析中會提到重複試驗數，而在圖表中亦會標示實驗所用之重複試驗數。

2. 實驗設計(Experimental design)：當未提及是哪種實驗設計時，一般都是指完全隨機設計(Completely random design, CRD)。

3. 變方分析或變異數分析(Analysis of variance, ANOVA or AOV)：當提及所用之實驗設計常包括進行變方分析，但也有不需要變方分析之平均值分離程序，如鄧肯氏多變

域試驗法(Duncan's multiple range test)。變方分析可檢測實驗中處理變方和機差變方是否有顯著差異。

4. 平均值分離程序(Mean separation procedure)：可採用最小顯著差異試驗法(Least significant difference test, LSD)或其他試驗法。當變方分析有顯著差異時，可採用平均值分離程序以比較平均值間之差異，再以顯著性標示表示其間的差異性。顯著性標示為一組字母，如 A-E 或 a-e，或一組符號，常置於平均值 ± 標準差的後面或前面（當有直行和橫列兩種標示時），用來標示處理組平均值，以表示其與其他平均值之顯著差異性。

5. 顯著水準(Significant level)：一般都採用 5%(*)的顯著水準，也有特定的顯著水準如 10%，但非獨立比較則可採用至 1%(**)或 0.1%(***)的顯著水準。

6. 使用的軟體(Software or application)，如 SAS 或 SPSS 等。

　　統計分析的實例如下(Mau et al., 2003, Food Research International, 36, 97-104)：

"For each product, three samples were used for the determination of every quality attribute. The experimental data were subjected to an analysis of variance for a completely random design to determine the Fisher's least significant difference at $\alpha = 0.05$."

4.9 論文主體－結果與討論

4.9.1 一般要點

結果、討論及結果與討論一節在敘述本研究的實驗結果並且討論。結果、討論及結果與討論皆可使用次標題，整節長度依圖表數目、作者寫作能力和相關前人文獻而定。以 6 張圖表的結果與討論來計算，每張圖或表有一段結果和一段討論，計兩段，而六張圖表共十二段，約 4 頁（1 頁以三段計算）。若該論文為創新的研究成果，並無前人研究成果可以討論，那就需要針對創新的實驗材料、研究方法、研究成果、理論與解釋或應用領域等提出詳細闡釋與解說其結果，並對所代表的意義詳細說明，不然結果與討論一節會顯得太單薄。此外，結果與討論不另起新頁，而是接續材料與方法後面，中間空一行即可。當敘述整節結果與討論的數據內容時，動詞盡量採用過去式，因為都是已完成的實驗結果。

結果與討論可合併為一節，或者拆成結果及討論各一節分開來寫。分成兩節時，先簡單敘述重要的研究成果結果，到討論時再詮釋所代表的意義，並與前人的研究比較，但在討論時易發生重複敘述結果部分的字句，還有在寫作時要把思緒拆成兩部分而不連續，有時還容易混在一起。因此，筆者建議結果與討論合併成一節來寫，這樣思緒比

較完整而不紊亂，且內容重點與其他前人論文的優缺點一目了然。像生物化學、分子生物或醫學等學科，常常需要去討論和比較一些所發現、所建立的學理、假說和反應或作用機制，那結果及討論分開敘述較為合適。

　　結果與討論的是依圖表序列來撰寫，內容多時每張圖表再多一兩段討論也可以。寫完一張圖或表後再接下一張，直至完成最後一張圖或表的討論。要以提綱挈領的方式來說明圖表的重點（數據），盡量不要完整寫出表內的數據以免重複陳述。假如表內數據簡單，就可直接在結果與討論中敘述數據並加以討論，就可省下一張圖表了。

4.9.2　寫作要點

　　國人常會出現的錯誤寫法就是在結果與討論中重複敘述在材料與方法中已說明的實驗細節，並對分析方法和材料再一次敘述其背景資料。然後，接著寫出「其結果如表一所示(The results are shown in Table 1)」。這些都是重複陳述而可以精簡的。此外，常常再一次陳述圖表的標題作為第一個句子來引出圖表也是錯誤的方式。有時在中文論文中也有如此的寫法，但是審稿人並未指出不合適，但這在英文論文中是很明顯多餘且累贅的(redundant)寫法。圖表的出場要以一個敘述圖表結果或趨勢的句子引出，而不需要另加引言，如 Purified crab chitin showed lighter and whiter than crude chitin as evidenced by its higher L^* and WI values (Table 2) 和 Purified chitin showed distinctly arranged microfibrillar crystalline structure in SEM, more noticeable than crude chitin (Fig. 2) (Yen et al., 2009, Carbohydrate Polymers, 75, 15-21)。

　　圖和表的表達方式只能選一種，以免重複陳述數據，當圖可以明顯表達出所要的趨勢時，就可以圖來呈現結果。但在說明時提到特別的劑量和結果時，則需要明確的數據（最好是三位有效數字）來說明。若是以表格較為合適時，則以表格來表示。由於表格的數據一向較抽象，反之圖形表示比較討好，也比較能顯現出重點，因此建議多用圖來詮釋數據。

　　結果的寫法是採用倒三角形法來寫的，也就是說每張圖表先寫出研究成果的最重要的發現，接著寫次顯著的，然後依序遞減，寫三句就很多了。接著需對研究成果所代表的意義加以詮釋、解說或評估，而不是只說出彼此間有顯著差異。至於結果與前人論文的結果不同的部分或結果異常的部分，可以放在第二段來討論，最好能提出前人的發現來佐證，不然自己則需要好好說明和解釋一番。科技論文的重點在於討論，討論的內容又是論文的價值所在。因此，一篇論文的討論可以看出作者的學識深淺和寫作功力。

　　第二段可以對其研究目的、實驗材料和方法、假說及所得的結果都加以討論，並與前人論文的結果一起討論。引用適切的文獻以提供佐證討論。假如整篇稿件字數不多，約 4000 個字，則可以考慮直接在結果與討論一節的最後面一段加上幾個句子作為收尾，或在後面獨立一段做為結論，而不另列結論一節。

4.10　論文主體－結論

　　結論是獨立的一節，撰寫時要將整個結果與討論予以濃縮，只寫出重點，即本篇論文的主要研究成果，並能流暢轉折其內容，寫成一段或兩段（當多於十行時）。因為是結論，所以一般不再討論，可不引用文獻，也可以寫出應用範圍與其限制，但最好能建議未來的研究方向。

4.11　謝誌

　　稿件中的謝誌是很重要的，因為一個研究的完成，該感謝的人很多，正好這一段可以讓作者表達其衷心的感謝。謝誌雖然有一個相當於一節的標題，但只有一段，可放在參考文獻前面或後面，不管作者指引如何規定，將謝誌放在前面比較好，因為這樣不會影響寫作時參考文獻的增減與修正。可以放在謝誌的內容有：

1. 說明研究經費來源，應註明提供經費的機構。

2. 感謝專業的技術協助。

3. 感謝幫助實驗進行的人員或助理，但未放在作者行內。

4. 感謝免費提供實驗材料、器材或儀器的人或機構。

　　在謝誌也可以說明本篇稿件的部分內容曾在何種會議中發表過，但不用感謝該期刊的接受使得本篇得以發表。

　　謝誌的實例如下：

"This study was supported by the Ministry of Science and Technology, Taiwan, Republic of China (MOST-105-2911-I-005-301, MOST-104-2911-I-005-301) and the Ministry of Education, Taiwan, R.O.C. under the ATU plan." (Mau et al., 2018, Food Science and Technology Research, 24 (2), 201-208, 2018)

"We thank China Biotech Corporation for providing γ-irradiation processing and Grape King Inc. for supplying *Antrodia camphorata* mycelia." (Huang and Mau, 2007, Food Chemistry, 105, 1702-1710)

4.12 參考文獻

4.12.1 一般要點

參考文獻或參考資料，即所引用和所討論的文獻。參考文獻的格式因期刊不同而有很大的不同，參考文獻的細膩程度常會讓人受不了。小括弧、縮寫點和逗點等一個、一個又一個，又是正楷、又是斜體字，真的很辛苦。但是參考文獻常是一篇科技論文很重要的地方，也常是一種期刊的特點之一，在這裡可以看出一個人的認真、謹慎態度。若對於參考文獻一節內的文獻都馬馬虎虎的，很容易就會被退稿的。

參考文獻與稿件正文不同而需另起新頁，即在結論之後採用插入之分隔設定之分頁符號處理。在審稿時，審稿人常會將稿件大致分解成三個主要部分，稿件正文、參考文獻和圖表，以便隨時參閱引用的文獻和圖表。在參考文獻一節中所引的全部文獻皆在正文中被引用，而在正文中所引用的文獻都放在參考文獻一節中。這是最基本的要求，有期刊要求在投稿前要做一次檢查，而附上打勾的檢查表(check list)，其中一項就是要確認文獻引用沒有問題，因為一般期刊認為參考文獻引用的正確性是作者的責任。

參考文獻引用的正確性分為兩種：

1. 引用格式（包括正文和參考文獻一節內）符合期刊的要求，即依照作者指引來引用文獻。

2. 引用文獻資料的正確性，如作者、篇名、期刊名、年份、卷別和起迄頁碼等資料的正確無誤。

引用的文獻是 JCR 資料庫所要蒐集和整理的內容，在引用上需要特別小心謹慎，引得太多有浮濫之嫌，引得太少不足以支持論文的論述。因此，有些期刊在作者指引中嚴格限制引用文獻的篇數，如最多 30 篇。一篇論文除刊登在高衝擊因子的期刊很重要外，被引用的次數也是評量的要項之一，畢竟論文被引用即是對此篇論文的認知與肯定。引用文獻時能多引用作者自己已發表的論文也是很重要，至少在這世界上作者應該是對這領域最熟悉的研究者。也就是說沒有比自己引用自己的論文更快更多的方式，一篇投稿的論文引用 5 篇自己的論文，當發表 10 篇時，已發表的論文加起來可以被引用 50 次。

審稿人在審稿時每看到一篇文獻時，就會去參考文獻一節找出其文獻來看其文獻題目、期刊等資料。若發現拼字不同或格式不同則會註記，以便在審稿意見中要求修正。若發現在正文中所引用的文獻並未放在參考文獻一節中，或在參考文獻一節中有文獻未被引用時，這兩項錯誤將會出現在審稿意見中。這種基本且簡單的要求都做不

好，會讓審稿人非常不高興，因為這顯示作者對此篇論文的撰寫不夠認真謹慎、敷衍了事，如果再看到一些格式上的錯誤，即使還未審完也會讓審稿人下了退稿的決定。

參考文獻的排列一般是採用字母順序(alphabetically)來排序，而有些期刊為節省論文的字數，在正文中的文獻引用都採用阿拉伯數字如(1-3)並依其出現順序來排序，而在參考文獻一節內亦依其出現順序編排號碼。在此建議撰寫稿件時，仍然依一般慣例引用文獻，即在內文中以「(Mau and Tsai, 2007)」方式引用，而在完稿且經指導教授修改後，在投稿前方才依其在文內出現的順序編排號碼，並且重新整理（即依號碼排序）參考文獻一節內所引用的文獻。

參考文獻一節內的每一篇文獻是一個獨立單位，在完成整篇文獻的鍵入後才可以按下輸入(enter)鍵，也就是說一篇文獻算是一小段，即使有時才一行而已。一個文獻中間不可使用輸入鍵，以免造成斷行。在格式上，參考文獻一節內的文獻與正文一樣都是雙行距的，即每頁 25 行的，且文獻與文獻之間並不空行。而每篇文獻從第二行以後都是退後至少五格的，以方便辨識，如：

Yen, M.-T. & Mau, J.-L. (2007). Physico-chemical characterization of fungal chitosan from shiitake stipes. *LWT - Food Science and Technology, 40,* 472-479.

這樣就可以很快在一頁間看到一篇篇的文獻。

在參考文獻裡，作者只有姓氏，而名字是用縮寫(initials)，寫法有 J.-L. Mau 或 Mau, J.-L.兩種，而適當方式依該期刊的規定處理。至於在正文中引用時，只有姓氏沒有名字縮寫，三個作者（含）以上時則使用 *et al.*，在此依序介紹：Mau, 2003，Mau and Tsai, 2004，及 Mau *et al.*, 2005。

4.12.2　引用要點

除期刊的作者指引另有規定外，一般整篇文獻的順序如下：

1. 期刊論文：作者、出版年份、論文題目、期刊名、卷號(volume)和起迄頁碼。一般期刊論文都是連號的，因此常不需要寫出期號(issue or no.)。另外，現在期刊採用網路電子發行，各論文皆獨立一篇，而有其特有的電子編碼，不再有起迄頁碼。

2. 書籍：作者、章節題目、書名、版次(edition)、出版商名、地址（地名、州名、國名）和年份（若有時，包括卷號、編輯名和起迄頁碼）。

3. 專利：作者、題目、專利號碼和年份。

除期刊的作者指引另有規定外，一般文獻引用時要注意的要點有：

1. 不要引用無名氏(anonymous)或使用此字句「如上之期刊(ibid)」。

2. 盡量不要引用網站上的檔案，因為網站重整與更新後，檔案容易被移除而無法被查詢到。

3. 可引用學術研討會的摘要。

4. 可引用博、碩士論文。

5. 可引用 DOI 識別號。每篇科技論文有其專有的數位物件識別號(digital object identifier)或 DOI 識別號，可藉以引用和連結 DOI 系統中的電子文件。

6. 盡量不要引用未發表的數據(unpublished data)、投稿中（審查中）與已修正的論文及個人通訊(personal communication)。

    投稿中（審查中）和已修正的論文因為尚未被接受，也不一定會被接受，所以最好不要引用。若一定要引用且該篇論文曾經壁報展示、口頭發表或是博、碩士論文的一部分時，可以考慮引用學術研討論的摘要或博、碩士論文。未發表的數據和個人通訊都屬於無法查證的研究結果。

7. 可以引用已接受的論文(accepted paper)和付梓中的論文 (paper in press)。因為已接受的論文遲早會進入校對稿和 等待出版的階段，所以建議直接採用付梓中(in press)。 若已取得該篇論文的 DOI 識別號時，則可以直接寫上。

除參閱作者指引外，宜找出該期刊最新一期的論文來 參考其參考文獻內期刊論文、書籍、專利等文獻的引用方 式，以確保符合期刊要求的引用格式。

4.13 表

4.13.1 一般要點

每張表一頁，與正文一樣都是雙行距的，每頁行數 25 行（直向），16 行（橫向）。若表格加上註記(footnote)多於 25 行時，則延續至下一頁；若更改行數，即加幾行（3~5 行）就能使全部表內容皆可放置在一頁中，則不受其限制。 若期刊的作者指引有特別規定的，依其規定辦理。表有行 號看起來很奇怪，因此在此建議在稿件的參考文獻後面， 採用插入之分隔設定之分節符號處理，然後在版面配置中 取消編入行號，若表格太大，則可以將方向改設定為橫向。

一般而言，在科技論文中的表是可以自圓其說的，也就是說從表格的標題和註記就可以知道所要的資訊，不需要再去看材料與方法，尤其是分析方法和實驗設計的部分。當全篇稿件的圖表序列排定後，稿件依照此順序來撰寫，而圖表在正文中也是依照此順序引用。正文中不能出現先引用表二，再引用表一的情形。若稿件寫到一半時發現這種現象時，就需要更動其圖表序列，但是並不是「把原表一改成新表二，把原表二改成新表一」如此簡單而已，因為要先改變結果與討論的次標題（假如有的話），還有材料與方法是依照此圖表序列來撰寫的，因此還要更改材料與方法的實驗方法順序（含次標題）。

4.13.2　表的格式

表格可採用早期的表，即使用打字機一行行打出來的概念，使用 Microsoft Word 軟體功能的 Tab、靠左定位點、置中定位點和對齊小數點之定位點（點對齊）來整理表格，舉例如下(Mau et al., 2006, International Journal of Medicinal Mushrooms, 8, 149-160)：

	0 ppm	2.5 ppm	5 ppm	10 ppm
Relative dry biomass ratio	1.00	1.03	1.33	1.38
Residual sugar (%)	41.0	40.4	39.6	37.1
Biomass conversion rate (%)	52.0	52.4	67.6	66.8

　　如今，許多期刊已經接受採用 Microsoft Word 軟體的插入表格功能所製成的表格，舉例如下：

	0 ppm	2.5 ppm	5 ppm	10 ppm
Relative dry biomass ratio	1.00	1.03	1.33	1.38
Residual sugar (%)	41.0	40.4	39.6	37.1
Biomass conversion rate (%)	52.0	52.4	67.6	66.8

　　因為國外期刊表格的格式沒有垂直線，因此要把一些線條隱藏起來，舉例如下：

	0 ppm	2.5 ppm	5 ppm	10 ppm
Relative dry biomass ratio	1.00	1.03	1.33	1.38
Residual sugar (%)	41.0	40.4	39.6	37.1
Biomass conversion rate (%)	52.0	52.4	67.6	66.8

4.13.3　表格的有效數字

　　一般定量且為連續性的變數觀測值都依其測定所得之有效數字(significant digits or figures)來記錄，但習慣上樣品平均值則計算至一般觀測值之下一位。平常觀測值最多取用三位有效數字，以此為基準，平均值則有四位有效數字，而標準偏差或標準機差則在小數位上要與平均值一致。例如，五個觀測值之樣品為 20、26、28、33 和 30，則其樣品

平均值(mean)為 27.4，標準偏差(standard deviation, SD)為 4.9，標準誤差(standard error or standard error of mean, SE or SEM)為 2.2，或相對標準差(relative standard deviation, RSD) 為 17.8%。

　　一般期刊文會要求數值最多以三位有效數字表示，因此四位有效數字之最後一位則必需採取四捨五入進位法處理，以符合其要求。但遇上百分組成的表格時，會出現四位有效數字，亦有時二位數字之情形，如下表（白木耳之一般組成）所示。

Component	Ash	Carbohydrate	Fat	Fiber	Protein
% dry wt	6.14	81.72	0.93	2.91	8.30

4.13.4　實驗數據的表示法

　　實驗數據的表示法大致上有以下三種，並在表下附註中加入實驗的重複試驗次數(n)，但以平均值 ± SD 為多，而以平均值 ± SE 次之，但是採用± SE 可使數據看起來比較小。

Mean ± SD*	Mean ± SE*	Mean ± RSD (%)*
27.4 ± 4.9	27.4 ± 2.2	27.4 ± 17.8

*n = 5.

　　表格內的實驗數據都是以統計軟體如 SAS、SPSS 或 Excel 試算表等進行統計分析，而在表格內以統計的顯著性標示表示其間的差異性。基本上，當實驗完成時，都會先製成表格，而這部分數據或結果以形表示更能顯出其趨勢的顯著性（重要性）時，則再以適當軟體製作圖。

　　表格的統計顯著標示可用大寫字母（A、B、C 或 X、Y、Z），小寫字母(a、b、c)，小寫字母上標([a]、[b]、[c])或其他合適的標示法。當採用非獨立比較時，則統計顯著標示可以使用*、**和***，分別表示 5%、1%和 0.1%的顯著水準。

4.13.5　表格的註記

　　表格註記的標示法（上標）有：

1. 1、2、3 和 4。

2. a、b、c 和 d。

3. *、†、‡、§和¶。

4. *、**、***和****。

　　1.和 2.可使用上標斜體字。當統計的顯著標示使用小寫字母(a、b、c ...)時，則避免使用相同的標示法當標示，以免混淆。但用到*，很容易和統計的顯著水準相混淆。當然，投稿的稿件需依照期刊的作者指引來辦理，若期刊對此標

示並無規定，或期刊內一些論文的標示各異時，則可以選用自己比較習慣的標示和不會造成混淆不清的標示。

表格註記標示的順序如下所示：

Table 1: Table title **(A)**

(B)	(D)			
	(E)	(E)	(E)	(E)
(C)	1.0 (F)	1.3	− (G)	1.8
(C)	4.0	nd (H)	3.6	3.1
(C)	5.0	5.4	6.6	6.8

註：原則為：除標題外，由左上開始，先左後右。

表格註記的內容，在補充說明以下事項：

1. 數值的重複試驗數，如：各數值以平均值 ± 標準差表示 (n = 4) (Each value is expressed as mean ± standard deviation (n = 4))。

2. 統計的顯著標示，如：在一直行中，具相同字母之平均值係無顯著不同的(P > 0.05) (Means with same letter within a column are not significantly different (P > 0.05))。

3. 不同處理組的定義，簡要說明實驗條件、方法等。

4. 縮寫字的全名。

5. 計算公式。

6. 其他常用於註記的符號：

「-」指未測定(not determined)或無效果(no effect)。

「nd」指未檢出(not detected)。

「NS」指不顯著(not significant)。

「tr」指微量(trace)，一般化學分析常不用零(0)來表示分析結果。

4.14　圖

4.14.1　圖標題

圖標題都在一頁上，與正文一樣都是雙行距的，每頁行數 25 行，只採用直向。若標題內容多於 25 行時，則延續至下一頁；若更改行數，即加幾行（3~5 行）就能使全部標題內容皆可放置在一頁中，則不受其限制。若期刊的作者指引有特別規定的，則依其規定辦理。同樣地，在科技論文中的圖是可以自圓其說的，也就是說從圖的標題就可以知道所要的資訊，不需要再去看材料與方法，尤其是分析方法和實驗設計的部分。同時，在標題後面仍需說明數值的重複試驗數，如平均值 ± 標準差表示($n = 4$)。圖標題頁可設定行號，但是圖則建議取消行號。

4.14.2　一般要點

　　每張圖一頁。紙張是 A4 (21 × 29.7 cm)，而邊界設定在上、下、左和右都是 2.54 cm (1 in)，因此圖最大可達 15.9 × 24.6 cm，可為直向或橫向，或依期刊的作者指引所規定的尺寸。一般圖都不能超過此尺寸，因為每張圖一頁，若是原圖樣張大於 A4，必須掃瞄後，經縮小再插入（非貼上）稿件中。

4.14.3　圖的種類

1. 圖片(Picture or photograph)：如電泳圖、照片、數位照片和電子顯微照片等。

2. 圖式(Chart or scheme)：如流程圖、化學結構式和數學計算式等。

3. 圖形(Graph)：如長條圖或柱狀圖(bar chart)和線性圖(line graph)等。

　　除圖片可以是彩色的外，其餘圖式和圖形都建議是黑白、實線的。化學結構式是黑白的，但是 3D 立體結構圖鑑可以是彩色的。同樣地，3D 立體層析圖要用彩色的，以方便說明。

4.14.4　圖的製作

圖製作採用 Microsoft Excel 軟體、SigmaPlot 軟體或其他合適的軟體。化學結構可採用 ChemDraw 軟體製作後，以.tiff 檔儲存。數學計算式及其他圖形或圖式可用合適的軟體製作。其他儀器製作的圖若無法存成檔案，則可以雷射印出後，再經掃瞄成檔案。當然，除將各種圖形檔案以.tiff 檔或.jpeg 檔（解析度要在 300 dpi 以上）儲存外，並將其圖像插入稿件中。個別圖檔在稿件被接受時，可以上傳排版，以確保該期刊論文有著清晰的圖像。

筆者在此建議所有圖皆依照圖序放在稿件中成為一個檔案，方便上傳投稿、預覽和修正。首先將圖變成檔案，再採用插入的功能，從檔案插入圖片至稿件中，而非複製貼上稿件。如此作法可以減少稿件所占的記憶體，同時也方便圖的排列與整理。

4.14.5　製作要點

圖內字型因為要縮版可以略大些，即 X 和 Y 軸的字型大小為 16（直向）或 18（橫向）及圖例的字型大小為 12（直向）或 14（橫向），詳細情形讀者可將圖縮小後，與期刊文章內的圖比對看看。製圖軟體製作出來的圖基本上都是採用黃金律(golden rule, 1: 0.618)，即長寬比約為 3 × 2，

所以當要放大或縮小時，要採用對角線（按住四個頂點之一）放大或縮小，以免圖變形走樣。

　　線性圖的 X 和 Y 軸設定都應該是數值而非文字，不然所做出來的圖形像是定性的圖形，而非定量的數線。數線的線條都要用黑色實線。定性圖形中每兩個處理條件點間（X 軸）的距離都相同，不管數字間的差異多大，柱狀圖就是定性的圖形。以下分別為四組數據以 Microsoft Excel 軟體所作的定量圖和定性圖。

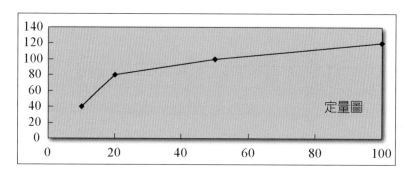

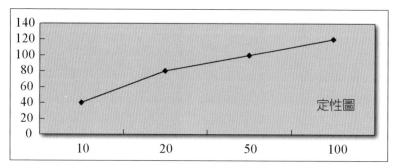

　　至於線性圖的圖例不要採用太花俏的符號，建議採用圓圈、方塊、正和倒三角形，加上實心和空心，一共八種，如●、○、■、□、▲、△、▼和▽。在一篇論文中，每個圖例所代表的樣品應該要一致，這樣讀者在看論文時，不會發生誤認樣品的情形。

　　有些期刊的作者指引中要求圖例都統一放在圖標題上，這時產生的問題是圖例符號要用鍵盤打出來，所以不要用太奇怪的符號，以致鍵盤用 Times New Roman 字型打不出來。現在論文多採網路發行，因此圖像都可以採用彩色以增加鮮豔度及讀者的接受度。

　　顯微照片在裡面應該要有量標尺(scale marker)，這樣一看就知道物件的大小，同時在圖標題還要說明放大倍率，如 5000×，及照片中的測定桿(measurement bar)如 1 μm。另外，柱狀圖和線性圖上要加上機差桿(error bar)。此外，以下為目前最新的數據表示方式，圖中各個圖例表示重複數、有平均值及標準差，因此實驗結果是一覽無遺，當然也可以用彩色圖例的。(Chen et al., 2015. Journal of Nutritional Biochemistry 26: 696-703.)

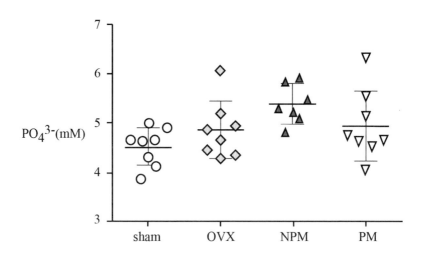

4.15 補充的資料

補充的資料包括圖、表、短篇影音、數據群組、程式碼及電子圖檔等，不放在稿件內，存成另外的一個或多個檔案，在投稿時與稿件一併寄出或上傳，提供稿件審查的參考。每件補充的資料在稿件本文中需被引用，並依其引用順序予以不同編號，如圖或表可為 Figure S1 或 Table S1。當稿件接受後補充的資料也一併上網，而以連結方式取用。

第五章 科技論文發表的流程

5.1 發表的流程

為方便解說起見，特將科技論文從「稿件撰寫」到「論文出版」區分為以下五個階段，另包括「實驗進行」的預備階段：

1. 第 0 階段：實驗進行(experiment proceeding)。

2. 第 I 階段：稿件撰寫(in preparation)。

3. 第 II 階段：稿件投出(submission)。

4. 第 III 階段：稿件修正(revision)。

5. 第 IV 階段：稿件複審(re-reviewing)。

6. 第 V 階段：論文出版(publication)。

5.2 第 0 階段：實驗進行

第 0 階段為實驗進行的階段，包括計畫構思、計畫撰寫、實驗設計、實驗執行、數據分析及數據詮釋等步驟，此些步驟都是在產生實驗結果，而好的、如預期且顯著性的研究成果可以將之發表，供世人參考應用。當然也將接受他人重複實驗的挑戰。

5.3 第 I 階段：稿件撰寫

　　第 I 階段為稿件撰寫的階段，而稿件要按怎樣的順序來寫，這常常因人而異。以下的順序是筆者依照個人的經驗來整理的，在此提供參考，讀者可依照其習慣與認知來調整其撰寫的順序，而從最容易著手的部分開始。稿件撰寫的階段包括「決定要投稿的學術期刊」、「撰擬題目與作者」、「製作圖和表」、「撰寫材料與方法」、「撰寫前言」、「撰寫結果與討論及結論」、「整理引用文獻及核對」、「撰寫摘要」和「撰寫封面函」等九個步驟：

5.3.1　步驟 I-1：決定要投稿的學術期刊

　　一般選擇學術期刊的考量有以下八點：

1. 該學術期刊的 SCI 衝擊因子與在某學術領域內的排名

　　學術期刊的衝擊因子數值越高當然越好。另外，學術期刊同時可以歸類在不同的領域中。因此，在某學術領域內的排名越高表示該學術期刊受重視的程度越高。學術領域排名是以分數（或百分比）表示，如 27/113（或 23.9%），即為在某 SCI 學術領域有 113 種期刊中該學術期刊名列 27 或在前面 23.9%。當有好幾個排名時，一般認定都會採用最前面的或最少百分比的排名。所以，當選擇學術期刊時，都會考量衝擊因子高且領域排名前面的學術期刊。

當決定好要投稿的學術期刊後，就可以去該期刊的網站下載該期刊的格式作為撰寫稿件的規範，同時也可下載最近幾期內與自己研究相近的論文來參考，畢竟只看該期刊的格式並不是很清楚的。

2. 該學術期刊論文為同領域內常參考的期刊論文

一個實驗室的研究領域，即指導教授的研究領域常會參考並引用一些學術期刊論文，而其研究成果寫成的稿件多半也會投入這些常參考的期刊中。筆者建議讀者可以熟悉或熟記一篇指導教授常投或在讀者領域中常參考的期刊格式做為模版。這樣在看其他期刊的論文時，就會很容易看出彼此間的差異性。一旦需要改投其他期刊時，很快就知道需要修改或增加哪些部分。至於要如何熟悉或熟記其格式，這很簡單，只要寫過幾篇該期刊的稿件就會熟悉的。

3. 該學術期刊的論文發行量與每年的期數

學術期刊的論文發行量與每年的期數會影響學術論文刊登的速度，但不是選擇該學術期刊來投稿的主要因素。由於學術研究逐年增加，研究成果的發表也日趨增多，常有些期刊發行量大且每年的期數在 24 期以上，但有些論文接受後，超過一年才刊登出來的比比皆是。也有最精簡的學術期刊每年發行四期，每期約十篇論文而已，但可以確知的是該期刊的 SCI 衝擊因子一定不會很高。

4. 該學術期刊的稿件接受率

學術稿件投稿的接受率牽涉很多因素，包括實驗結果、稿件寫作品質、審稿人的主觀判定、還有探討主題是否與該學術期刊所要求的一致等。一般 SCI 衝擊因子很高的學術期刊，其稿件接受率大概都不高，對於初次寫稿的研究者而言，一般不建議去投，除非實驗結果有驚世的發現或發明。但這並不表示 SCI 衝擊因子較低的學術期刊會有很高的接受率。也有一些學術期刊的主編初閱完後隨即退稿，此也不表示該稿件不好，也許是不適合該期刊吧！

5. 該學術期刊論文從投稿至接受所需的時間

學術期刊論文從投稿至接受所需的時間如果較長，會影響研究者的心情，也會影響研究生的畢業時程。常常很多研究生不能如期畢業都是卡在學術期刊論文的發表，因此應該多方打聽該學術期刊論文的審稿時程。有些學術期刊不太會去要求審稿人準時繳交審稿意見(review comment)，也許是因為國外學術期刊的審稿大都是榮譽職，都無酬勞的。目前許多學術期刊都是線上投稿，也是線上審稿的，電腦也可設定去催審稿人繳交審稿意見。一般審查大約都在 2~4 個月，若超過 3 個月未審完，可以主動寫信去詢問稿件狀態(status of manuscript)。

6. 該學術期刊所索取的論文付梓及抽印本費用

近來越來越多的學術期刊已經不索取論文付梓費用，只要不買抽印本就不需要付費，有些還送幾份至幾十份抽印本。主要是因為現在是用電子檔線上投稿，而稿件檔案可以直接排版，不需要請人打字，所以省去付梓的費用。但是仍然有些學術期刊仍然要作者付費才能出版，即使不買抽印本也是要付錢。筆者就有遇到付費才能出版的學術期刊論文，更差的是該出版社並未給任何抽印本或.pdf檔，只好去找各校圖書館訂閱的電子期刊，從網路下載該篇期刊論文的.pdf檔。有時有些學術期刊不是很有名，在國內大學院校圖書館還不一定有訂閱其電子期刊。總之，不需付費的學術期刊一定是列入考量的。

7. 該學術期刊的內容與研究成果的顯著性

很好且顯著的研究成果就可以考慮衝擊因子高且領域排名在前面的學術期刊，但是實驗結果平平的就只需考量一般的學術期刊。所謂「上駟對上駟，下駟對下駟」，就是這個意思。可是有時研究的成果很不錯，但是稿件卻投不進高衝擊因子的學術期刊，這時該考慮的是改進寫作技巧，提升稿件的品質，不然空有一堆好料，卻煮不出一道好菜，非常可惜。

8. 該學術期刊可否線上投稿和／或線上印出

可以線上投稿和／或線上印出的學術期刊對研究者有著莫大的幫助。首先，線上投稿省時省事還頗有效率，不像以前貼郵票寄包裹，花錢費時不算，寄丟了仍時有所聞。其次，線上印出是指學校圖書館有訂閱該電子期刊，可以直接列印，或下載該篇期刊論文的.pdf檔。目前許多出版社的學術期刊都已經能夠線上投稿和線上印出，所以造成投稿量大增，發行量也大增，學術期刊的衝擊因子也日益升高，反而影響了稿件的接受率。

當決定好要投稿的學術期刊後，就可以依該學術期刊的格式列出大綱，再進行下一步驟。

5.3.2　步驟 I-2：撰擬題目與作者

稿件的題目是根據圖和表的內容，即研究的結果來訂立的，也就是說題目為研究結果的概要，但是要用有限字數的一句話來說明題目確實不是一件容易的事。以研究生而言，可以自己試著研擬出與研究結果貼切的題目給指導教授參考，這也是一種訓練。因為畢業取得學位後，自己獨立作研究時，這題目的研擬便是自己份內的事。

此外，稿件上有多少作者也是指導教授會決定的。同樣地，研究生可以將參與研究的人列出一個清單，提供指

導教授參考，然後排除工讀生、實習生或只是略微幫忙的人。假如是研究生自己寫的稿件，可以直接把自己放在首位，即第一作者，而指導教授放最後或指導教授屬意的位置，但是需標上星號(*)，代表他是通訊作者。就筆者的認定，第一作者是寫這篇稿件的人，並不一定是作這研究的人。假如是自己作實驗，自己寫稿件，當然就是這篇稿件的第一作者。

當完成撰擬題目與作者的步驟後，在作者的個人履歷表中該稿件的狀態就可改成「製備中」(in preparation)。

事實上，前面這幾個選擇期刊、訂題目和作者及製作圖表的步驟都可能是同時進行的。

5.3.3 步驟 I-3：製作圖和表

整理實驗數據時，除存在電腦硬碟外，需要將實驗資料燒錄成一片光碟或另存在其他隨身碟、隨身硬碟或其他電腦中，做為備份。此外，亦要有書面的資料，同時亦保存實驗記錄簿，以供查證。當實驗完成時，都會有重複實驗的數據，這時要以平均值±標準偏差表示其結果，其次要確認實驗數據的正確性及思考其適當的解釋，接著採用統計軟體如 SAS、SPSS 或 Excel 試算表等進行統計分析，以變方分析檢測實驗中處理變方和機差變方是否有顯著差異。當變方分析有顯著差異時，可採用平均值分離程序以

獨立或非獨立方式來比較平均值間的差異，在表格內以顯著性標示表示彼此處理組間的差異性，並可在表格下註記顯著水準（如 5%、1%或 0.1%）及採用的統計方法。

這時要考慮的是該用圖或表來表示研究成果，比較能顯現出其重要性。由於表格的數據一向較抽象，西方人對數據比較頭痛，反之用圖形表示研究結果比較討好，也比較能顯現出重點，因此建議多用圖或彩色的圖來詮釋數據。一張好的圖表可以省去許多字句的敘述與解釋，可以讓研究成果一目了然。有些期刊對於論文的圖表總數有其規定，如 Elsevier 出版社出版的 Food Chemistry 只限圖表總數六張。對於數據很少的結果如一或二組數據，建議在正文中敘述，不需用表來呈現結果。接著將圖和表(T&F)排序，以最容易說故事的方式來敘述研究成果。當圖和表排定之後，可稱為圖表序列，可以各自編碼（阿拉伯數字），即表和圖各依其順序編號。此圖表序列便成為稿件撰寫的模版，材料與方法及結果與討論都將依此序列來撰寫。

若有其他補充的資料可以提供稿件審查的參考，則不用放在稿件內，另存成檔案，在投稿時與稿件一併寄出或上傳。補充的資料包括圖、表、短篇影音、數據群組、程式碼及電子圖檔等，存成另外的一個或多個檔案。每件補充的資料在稿件本文中需被引用，並依其引用順序予以不同編號，如圖或表可為 Figure S1 或 Table S1。

5.3.4　步驟 I-4：撰寫材料與方法

　　材料與方法一節是根據所定稿的圖表序列來整理，並在材料與方法中加入次標題，如材料、藥品、方法等。先寫材料與方法的目的是讓作者不會覺得壓力太大，先從可以參考的部分開始撰寫，當然材料與方法一節不是照抄，照抄會有抄襲的問題。要依照自己論文的特色來寫，把實驗方法的步驟交代清楚，以便讀者能依所述的條件重複實驗而得到相同的結果。當然，有些期刊不是很重視材料與方法，為求節省論文字數，只要寫出所用方法的文獻即可。詳細情形需參考該期刊發表的一些論文內容。寫完材料與方法後，即可補上所引用的文獻至參考文獻中。

5.3.5　步驟 I-5：撰寫前言

　　撰寫前言時，需要再一次搜尋相關的文獻，以期能涵蓋目前最新的科技論文，因為前言所引的文獻都與主題有關，而其數目在稿件各節中是最多的。將研究的背景資料、指出問題、說明目的及簡述主要方法寫成三段，第三段則依圖表序列寫出實驗方法。前言一節全長原則上可多於 1 頁，但少於 2 頁，雖然是背景介紹，但仍然要寫得精簡扼要。寫完前言後，即可補上所引用的文獻至參考文獻中。為求整篇稿件的引用文獻數目不要超過 30 個，建議前言所引的文獻在 20 個以內，如有研究內容相似的文獻，只要引用最近的即可，而引用最新的研究回顧也是可以的。

5.3.6　步驟 I-6：撰寫結果與討論及結論

　　結果與討論一節是依圖表序列來撰寫，先寫一段結果，再寫一段討論，在可引用於討論的文獻比較多時，可以再多個一兩段的討論。結果與討論合起來寫在思緒上比較完整而不紊亂，且內容的重點與其他論文的優缺點一目了然。當面對一張圖或表時，可以將想到的要點都寫成句子，盡可能都寫下來，當再也想不出來時，才開始把所有的句子，按第四章所說的倒三角形法寫法來整理出一個段落，並加入連接詞或轉折語句，這樣便可以完成一段結果或一段討論。寫完一張圖或表後再接下一張，直至完成最後一張圖或表的討論。

　　結論是獨立的一節，撰寫時要將整個結果與討論予以濃縮，只寫出重點，即本篇論文的主要研究成果，寫成一段或兩段（當多於十行時）。撰寫的方式，應該說是整合的方式，是先將結果與討論複製一份，再從複製部分抽出所要的重點句子，並逐句、逐段刪除不需要的部分，當整合好一節結論時，再加上一些轉折語，連接成一個完整的結論。由於每個句子都是片段的重點，因此句子和句子之間需要轉折語來連接，使結論讀起來不至於很突兀。因為是結論，一般不再討論，可不引用文獻，但最好不要有與結果與討論內容一模一樣的句子，也可以寫出應用範圍與其限制，但最好能建議未來的研究方向。寫完結果與討論及結論後，即可補上所引用的文獻至參考文獻中。

5.3.7　步驟 I-7：整理引用文獻及核對

此整理引用文獻及核對的步驟在撰寫材料與方法、前言和結果與討論及結論的步驟時都可能是同時進行的，但在整個稿件主體完成後，仍然要依其字母順序來排序，以確認無誤。至於有些期刊為節省論文的字數，在論文主體內的文獻引用都採用阿拉伯數字如(1-3)並依其出現順序來排序，而在參考文獻一節內亦依其出現順序編排號碼。在此建議撰寫稿件時，仍然依一般慣例引用文獻，即在內文中以「(Mau and Tsai, 2007)」方式引用，而在完稿且經指導教授修改後，在投稿前方才依其在文內出現的順序編排號碼，並且重新整理（即依號碼排序）參考文獻一節內所引用的文獻。這樣可減少每次修改、增減內容時需要重新編排號碼的困擾，並避免出現號碼錯誤，造成內容所引的文獻與後面所列的文獻不一致的現象。

5.3.8　步驟 I-8：撰寫摘要

摘要是獨立的一節，最後才寫的。像寫結論一樣，先將整篇稿件複製一份，再開始從複製部分抽出所要的重點句子，並逐句、逐段、逐節刪除不需要的部分，當整合好一篇摘要時，再加上一些轉折語，連接成一個完整的摘要。由於摘要的句子都是片段式的敘述組合而成，若無轉折語來連接句子，就會顯得整篇摘要支離破碎的。摘要是扼要敘述研究

主題和主要的研究成果。摘要與結論又不一樣，結論是總結本篇論文的主要研究成果，即結論是結果與討論的簡要，而摘要還要加上研究目的、描述實驗方法、研究成果和一句結論，且有字數限制（約 150~180 個字），同樣地，就是不要有與結果與討論及結論內容一模一樣的句子。

當寫完摘要後，差不多已經可以到完稿的程度，剩下就是通訊作者，即指導教授的審閱和修改部分。若有機會的話，讓熟悉英文文法的人來修改訂正文法與用詞，對整篇研究成果的表達是很有幫助的。此外，第一作者，即撰寫稿件的人在寫完整篇稿件時，再一次思考題目是否能夠充分表達出整篇稿件的內容。若題目不夠貼切時，這時就應該予以修正。此外，有些細小的錯誤對寫稿的人而言常會視而不見，因此稿件完成後，最好能夠讓研究室的學長姐或學弟妹過目以便能改正一些小錯誤。

5.3.9 步驟 I-9：撰寫封面函

當稿件完成定稿後，接著就要撰寫封面函(cover letter)給該期刊的主編以示尊重。封面信函的內容包括以下的重點（參閱附錄一）：

1. 時間：因為現在大都是線上投稿，電腦上會有投稿時間，所以可以不必特別去註明時間，但在信上寫上日期也無妨。

2. 主編或其他編輯的姓名：如果知道他的姓名也可以打上去，不然可以只打上主編即可。

3. 稿件的篇名：可以採用粗體字或其他方式特別予以強調。

4. 期刊名：要投稿的期刊名稱要寫出來。

5. 通訊作者：通訊作者的姓名，電話，傳真和電子郵件地址。

有期刊為了保有該投稿稿件的版權，以防止作者一稿兩投會要求附上已填寫的版權轉移表，若不需要附上此表，則如信上所註明的「本稿件未投稿至他處(This manuscript has not been accepted for publication elsewhere.)」即可。此外，亦可註明「所有作者皆對此稿件有貢獻，且在投稿前同意此最後版本的內容(All coauthors of this paper contributed to the work and approved contents of the final version before submission.)」。

5.4 第 II 階段：稿件投出

投稿時需準備好的文件和檔案：

1. 寫好的稿件。

2. 補充的資料。

3. 封面函。

4. 已填寫的版權轉移表（依某些期刊的規定）。

　　要投稿的稿件盡量組合成一個檔案（.doc 檔或.rtf 檔），裡面包括所有稿件的文句、圖標題、圖和表。若有補充的資料則另存成檔案，因為不會放入稿件中，不用考慮解析度。圖和表可組合成一個檔案（.doc 檔或.rtf 檔），而短篇影音、數據群組、程式碼及電子圖檔等則以適當檔案存放。

　　稿件投稿的方式可分為三種：

1. 郵寄方式或紙本投稿 (Air-mail or hard copy submission)

　　一般 SCI 學術期刊的總編輯或主編都在外國，因此都會將稿件以紙本方式（一份原稿和兩份影印本，連同封面函），用航空信件寄出，有些謹慎的通訊作者更會以掛號信件方式寄出。這是以前的投稿方式，由於網路時代的來臨，漸漸不再需要郵寄稿件。

2. 電子郵件方式投稿(E-mail submission)

　　有些期刊尚未建立線上投稿的模式，只能以通訊作者的身分，將稿件和封面函的檔案 e-mail 給主編。爾後的通訊也是以電子郵件的方式聯絡和溝通。至於投稿的信件有沒有收到，或主編回你的信件沒收到或被攔截的狀況，皆時有所聞，但仍有一些期刊的稿件是以此方式進行投稿和審稿的。

3. 線上方式投稿(on-line submission)

各期刊的線上投稿與審稿系統（網站）上，先以通訊作者的身分建立個人帳號。投稿時先登入系統，再依其內建的順序輸入各項資料或上傳信件和稿件檔案等，最後檢查各項輸入資料是否正確，等待該系統將上傳檔案轉換成.pdf 檔，在確認稿件及其他資料無誤後，即可按下送出(submit)，此即完成線上的投稿。為方便審稿的進行，目前許多期刊都會要求作者在投稿時提供 3~5 位審稿者的名單，而審稿者不應為同一單位且最好來自其他國家，但不一定會採用。建議的審稿者可從所引用文獻中去找較熟悉且常引用的通訊作者，同時附上其服務機構、通訊地址、聯絡電話與傳真電話及最重要的電子郵件信箱。當然，有熟識且領域相近的國內其他研究機構學者也是可以列入的。此外，審稿者與作者不應有合作關係或在其他期刊論文為共同作者(co-authors)。

當完成投稿步驟後，在作者的個人履歷表中該稿件的狀態可改為該期刊的名稱並以括弧標示「投稿中」(submitted)或「審稿中」(under review)。

第 II 階段為稿件投出的階段，主要為投稿後的審稿階段，包括以下「稿件收到」、「行政作業」、「抄襲審查」、「審稿過程」和「審稿結果」等五個步驟：

5.4.1 步驟 II-1：稿件收到

在期刊的線上投稿與審稿系統上完成線上投稿後，電腦會送出自動回覆(automatic reply)的電子郵件，稿件同時也會有一個編號（流水號），這只表示該稿件已進入投稿系統中，並不表示期刊編輯部已經開始進行文書作業。當主編開啟檔案後，會發出一封收稿函(letter for receipt of manuscript)，這是收到稿件的收據而已，同時會給一個期刊編輯部自己的編號，也有直接採用電腦系統的編號。

5.4.2 步驟 II-2：行政作業

接著，期刊編輯部開始進行稿件的行政作業(administrative processing, ADM)，其所需時間約為線上或電子郵件投稿後一週內至數個月，或郵寄投稿後一個月至數個月不等。主編會初閱(first view)該稿件的摘要或內容，以決定是否適合該期刊來刊登。

1. 不合適者則不經審稿而逕行退稿(rejection without being reviewed)，通訊作者很快就會收到退稿函(letter of rejection)（參閱附錄二）。

2. 合適者則交付期刊編輯部負責一般行政文書事務的經理編輯(managing editor or executive officer, EO)進行抄襲審查，以確認內容的原創性。

5.4.3　步驟 II-3：抄襲檢查

現在期刊編輯部都會採用比對軟體，如 CrossCheck。國內目前採用 Turnitin 論文原創性比對系統對碩博士論文及期刊論文進行比對。抄襲包括但不限於無適當引用或說明出處的任何形式的複製或剪輯（文字、圖像、數據或概念）。一旦發現與已發表期刊論文的文字相符率過高，而比率由期刊編輯部認定，則會退回給作者進行修改。

當收到退回修改時，則需要改寫(rewrite)或改述(rephrase)相符的語句，以避免與發表的期刊論文相符。之後再上傳回覆已修改稿件。期刊社對於抄襲的處理為：在審稿時發現有抄襲情事，情節嚴重時則直接給予退稿。

5.4.4　步驟 II-4：審稿過程

當經理編輯再次進行抄襲檢查，以確認內容與已發表期刊論文的文字相符率符合要求後，會由主編或副主編(associate editor, AE)發出邀請審稿的電子郵件給審稿人審稿。

當指定審稿人後，主編會請審稿人直接進入該期刊的線上投稿與審稿系統，下載該稿件來審查，此時稿件則進入漫長等待的審稿過程(review process)。作者進入該期刊的線上投稿與審稿系統查詢時，該稿件的狀態顯示為「審稿

中」(under review)，有些系統更可以顯示更詳細的等待狀態如：等待審稿人指定(awaiting reviewer assignment)、等待審稿人分數(awaiting reviewer scores)、等待副主編或經理編輯推薦(awaiting AE or EO recommendation)和等待主編決定(awaiting EIC decision)。審稿的期限依各期刊的規定而不同，有的一個月，有的二個月，但是有的期刊因為不會催促，所以有時稿件投出去，一年半載的沒消息，也是讓作者很焦慮的。

　　一般科技論文的審查制度都採用同儕審查(peer review)方式進行，即期刊主編、副主編或經理編輯去邀請世界上相同領域的學者專家 3~5 人，來擔任審查人進行非公開的審查。雖然這種審查方式不盡理想，但是卻是目前很普遍的審查方式，因為還找不到更好的方法。審稿人審完稿件後，除寫下審稿意見外，會就原創性(originality)、技術品質(technical quality)、表達清晰度(clarity of presentation)和對領域的重要性(importance to field)等四項稿件品質特性中，分別給予各項特性從 1 至 4 分的分數，4 分：優等(excellent)，3 分：甲等(good)，2 分：乙等(fair)及 1 分：丙等(poor)。審查意見和稿件品質特性評分是作者看得到的。

　　另外，審查人要在推薦(recommendation)的項目中勾選審查結果，這是給期刊編輯部看的。推薦的項目包括直接出版(publish without change)、小修後出版(publish with minor change)、大修後出版(publish with major change)、不出版(do not publish)和他處已出版(publish elsewhere)，在這裡出版應該是指接受的意思。副主編或經理編輯會根據 3~5 位審查人的推薦，做個總結給主編參考，而主編是決定接受與否的人。

若稿件投出後超過半年無消息，則可以寄詢問函(inquiry letter)給總編輯，去探詢稿件目前的狀態。據筆者的經驗，審查過久的稿件，若超過一年，一般期刊的編輯部都會盡量讓稿件的審查能夠在修改後刊登，除非稿件確實很爛，因為編輯部多多少少有些歉疚感。

詢問信函的內容包括以下的重點（參閱附錄三）：

1. 投稿和現在的時間：要特別註明當初投稿的時間（可以在線上資料查到），和現在的時間。

2. 主編或其他編輯的姓名：直接 e-mail 給主編較合適，就像直接投訴到最高層級，而不是在該期限的線上投稿與審稿系統上寫信。

3. 稿件的篇名和該期刊編輯部的編號：可以採用粗體字或其他方式特別予以強調。

4. 期刊名：所投稿的期刊名稱要寫出來。

5. 通訊作者：通訊作者的姓名、電話、傳真和電子郵件地址，以方便該期刊編輯部的回覆。

5.4.5　步驟 II-5：審稿結果

漫長的等待過去後，就會收到一封審稿結果函(letter for review results)。先作好心理準備，再看審稿結果，其結果有以下四種：

1. 退稿(rejection)。

2. 逕自接受(acceptance without change)。

3. 小修後接受(minor revision for acceptance)。

4. 大修後再審(major revision for reconsideration)。

「退稿」，那是沒什麼可挽回或抗辯(rebuttal)的。「逕自接受」，這是作者最高興的事，因為這篇稿件已經接受，不需要修正，接下來就是等稿件轉至出版部繼續後續排版、校對等事宜。而這封審稿結果函就是接受函(letter for notification of acceptance, acceptance letter)（參閱附錄四）。當被接受後，在作者的個人履歷表中該稿件的狀態可以寫上該期刊的名稱並以括弧標示「已接受(accepted)」。因為有時接受函上只有通訊作者的姓名，並無其他作者的名字，所以為慎重起見，印出該稿件第一頁封面頁（有作者的姓名）和第二頁摘要，附在接受函後面供查閱。

「大、小修」在字面上雖然有差別，但有時也差不多，不過要從審查意見去看需要修改的程度。「小修」一般都是文法、格式、用字等簡單的修正；但是「大修」則可能包

括文法修正、數據補正、圖表合併、圖表刪除、實驗補作等麻煩且頭痛的工作。

5.5 第 III 階段：稿件修正

　　稿件的修正，不論大小修都需依照審查人的審查意見和編輯部的意見逐項逐點修正，稿件修正後即變成修正稿。若作者堅持不認同審查人的意見時，可以不予修正，但需寫下抗辯的理由。稿件修正的時間限制一般是 1~3 個月，現在因為有電腦在處理，超過期限即無法登入線上投稿與審稿系統，因此要特別留心稿件修正期限。逾時的修正稿都會被認為是新投的稿件，重新開始審稿。當確實需要超過 3 個月的時間來重新補做實驗時，就要寫信給主編要求展延修稿的期限，一般主編都會答應的。

　　修正稿寫好後，就要對照原稿件來整理審稿意見答覆表(response to reviewer's comments)，包括對審查意見和編輯部意見逐項逐點的修正部分，詳述在修正稿中的頁碼和行號及其內容，同時包括未修正的抗辯理由。雖然稿件的全部內容都建議採用黑色，但是修正稿中修正的部分建議採用紅色，以方便主編或相關人員查閱，而抗辯部分則直接寫在意見答覆表上。

　　修正稿投稿時需準備好的文件和檔案：

1. 寫好的修正稿。

2. 補充的資料。

3. 圖的個別.tiff 或.jpeg 檔案，其解析度要在 300 dpi 以上。
　（依某些期刊的規定）。

4. 修正稿的封面函。

5. 審稿意見答覆表。

6. 已填寫的版權轉移表（依某些期刊的規定）。

　　修正稿組合成一個檔案。補充的圖和表也是組合成一個檔案，其他短篇影音、數據群組、程式碼及電子圖檔也是一併上傳。若有要求高解析度的圖檔，也一起上傳。

　　修正稿封面信函的內容包括以下的重點（參閱附錄五）：

1. 時間：可以不必特別註明時間，但在信上寫上日期也無妨。

2. 主編或其他編輯的姓名：經過審查的稿件都由副編輯或經理編輯處理，若知道時可以直接將其姓名打上去。

3. 稿件的篇名和該期刊編輯部的編號：可以採用粗體字或其他方式特別予以強調。

4. 期刊名：所投稿的期刊名稱要寫出來。

5. 通訊作者：通訊作者的姓名、電話、傳真和電子郵件地址。

　　有期刊為了保有該修正稿件的版權，以防止作者一稿兩投會在此時要求附上版權轉移證明。此外，在信函中說明第二頁起即是稿件修正的部分。並請主編參閱修正稿並對照原稿件 (Please review the revised manuscript as compared to the original manuscript.)。

　　修正稿投稿的方式可分為三種：

1. 郵寄方式或紙本投稿

　　以紙本（兩份修正稿和審稿意見答覆表，連同封面函，另外加上修正稿光碟或隨身碟），用航空信件寄出，或以掛號信件寄出。

2. 電子郵件方式投稿

　　將準備好的文件檔案以電子郵件的方式直接寄給主編。

3. 線上方式投稿

　　登入該期刊的線上投稿與審稿系統，開啟該稿件修正部分，再依其步驟輸入各項資料或上傳檔案，最後檢查各項輸入資料是否正確，開啟該系統將上傳檔案所轉換的.pdf

檔，在確認修正稿及其他資料無誤後，即可按下送出，此即完成線上的修正稿投稿。

當完成修正稿投稿步驟後，在作者的個人履歷表中該稿件的狀態可以寫上該期刊的名稱，並以括弧標示「已修正」(revised)。

5.6 第 IV 階段：稿件複審

同樣地，完成線上修正稿投稿後，電腦會送出自動回覆(automatic reply)的電子郵件，表示該修正稿已進入投稿系統中。當主編開啟檔案後，會發出一封修正稿收到函(letter for receipt of revised manuscript)。稿件複審目前常見的可分為三種：

1. 複審在編輯部內處理，即主編、副主編或經理編輯負責審閱修正稿，只要修正稿有修正、也有抗辯，雖不一定按照審稿人之意見，但仍可以此做成決定。

2. 回到初審的審稿人再審，這就比較耗時。

3. 另找審稿人審查，這不僅耗時，且可能還要修正，也可能會被退稿。

複審結果和初審結果一樣有以下四種：

1. 退稿(rejection)。

2. 逕自接受(acceptance without change)。

3. 小修後接受(minor revision for acceptance)。

4. 大修後再審(major revision for reconsideration)。

「退稿」，這是很讓人扼腕的。「逕自接受」，這是作者所預期的，而這封複審結果函就是接受函。「大修」，沒辦法，只有繼續進行麻煩且頭痛的修正工作。「小修」，再就所列項目一一修正。「大、小修」之後再依第 3 階段的「稿件修正」完成第二修正稿再投稿，直至被接受為止，但是也有可能會退稿的，所以不要太大意，因為「大、小修」並不表示一定會被接受，而現在的趨勢是修正稿被退稿的比率逐漸上升，因此對稿件的修正不可大意。

有些期刊在審稿前並未進行抄襲檢查，但在接受後則會進行論文原創性比對。一旦發現與已發表期刊論文的文字相符率過高，也是會退回給作者進行修改。若抄襲情節嚴重時也是會撤銷接受而退稿的。

5.7 第 V 階段：論文發表

第 V 階段為稿件接受到論文出版的階段，包括以下「已接受稿件收到」、「版權轉移收到」、「已接受稿件上網」、「校對稿寄出與回覆」、「修正校對稿上網」和「論文出版」等六個步驟。

5.7.1 步驟 V-1：已接受稿件收到

已接受的稿件(Accepted manuscript)或此時稱為科技論文或期刊論文，接著就會從該期刊的編輯部轉到出版部。出版部會發電子郵件給通訊作者，此信函除通知該已接受的文章(Accepted article)已進出版程序，同時給該文章一個與審稿編號不同的出版序號，供日後查詢和聯絡之用。

5.7.2 步驟 V-2：版權轉移收到

其次，出版部會要求通訊作者簽署版權轉移表給該期刊，以便後續出版作業。有時和校對稿一起回覆給出版部即可。版權轉移隨著時代演化的方式有以下四種：

1. 郵寄已填寫的版權轉移表給編輯部。

2. 先傳真或以電子郵件傳送已填寫的版權轉移表，而後補寄。

3. 先傳真或以電子郵件傳送已填寫的版權轉移表，不再補寄。

4. 線上填寫版權轉移表。

目前第 3 種方式已經可以達到版權轉移的法律效力，而有些期刊更進步到請作者上網填寫的第 4 種方式。此外，以前需要每位作者都簽名才具有法律效力，現在可以由代表通訊作者簽名，即完成版權轉移的程序。

5.7.3　步驟 V-3：已接受稿件上網

該期刊為了使學術研究者能夠盡快知道其所接受的文章，常常會將被接受的稿件直接轉成.pdf 檔掛在網站上，將作者的研究成果分享世人。但在此時，該文章還不算出版，只是被接受而已。

5.7.4　步驟 V-4：校對稿寄出與回覆

當出版部完成排版後，會印出一份科技論文的初稿（樣張），稱為校對稿，連同帳單(bill)一起寄給通訊作者校對(proofread)，並希望能在 48 小時內校對好並回覆。有些期刊的行政作業方式不同，在收到校對稿的同時，也會收到版權轉移表，需要作者簽署並回傳或上網填寫。版權轉移與校對稿是不一樣的作業方式，有時版權轉移回傳的網址與校對稿回傳的網址不一定一樣。其次，校對稿回傳後，

若版權轉移的行政程序未完成，即使校對稿上網了，也不會刊出，這一點是作者需要注意之處。

作者收到校對稿後，以已接受的稿件來校對，如有錯誤之處可以.pdf 檔內加註記的功能予以註記，或有些期刊仍要求作者直接在校對稿上註記，再傳真或掃瞄後，以電子檔案傳送回出版部。

校對稿校對的項目：

1. 校對文句是否有漏掉或打錯之處。由於稿件是用電子檔排版，不太會有錯誤，倒是有些期刊的編輯人員會修正稿件句子的一些文法用詞等，若一些修正並未改掉其原意，倒不需特別在意。

2. 校對圖表是否有錯置、跳行之處。稿件的圖一般仍沿用照相製版，也有用上傳的高解析度圖，但仍有錯置的可能。而表格有時會因為格式不一致，而發生跳行、無法對齊或標示錯置的情形。

3. 答覆出版部編排論文所出現的問題：確認作者的姓名有無拼錯，常發生的問題還有文獻人名拼錯、年份不同，文獻期別、起迄頁碼不同，所引用已接受或付梓中之文獻是否已刊出，即有期別和起迄頁碼。

當完成校對稿回覆後，在作者的個人履歷表中該稿件的狀態可寫上該期刊的名稱並以括弧標示「出版中」或「付梓中」(in press)。

　　若該期刊需付排版費、刊登費或彩色頁費用，或如作者需要購買抽印本(reprint or offprint)或.pdf 檔，則可以另填請購單(order form)，然後皆以信用卡付款，或購買美元或他國貨幣的支票寄去。現在都是線上可以處理校對稿回覆和信用卡付款等事宜，購買外幣支票再寄似乎比較麻煩。

5.7.5　步驟 V-5：修正校對稿上網

　　期刊出版部收到修正的校對稿後，將原排版好的科技論文修正，即可將其轉成.pdf 檔掛在網站上，稱為出版中的文章(article in press)，但在此時，該文章雖不算出版，尚缺出版卷數、期數和起迄頁碼，只是出版中而已。至於何時該科技論文會被出版，則需視發行量和等待出版的篇數而定，有時數月，有時因為稿擠，一擺就是一、二年。

5.7.6　步驟 V-6：論文出版

　　科技論文出版時，可以記下其年份、卷數、起迄頁碼和 DOI 識別號，但期數可以不記，因為科學期刊一般都是連號的，（若為網路發行的科技論文則記下其年份、電子編號和 DOI 識別號），同時若能下載.pdf 檔案會比抽印本更好，因為需要時隨時可以印出文件，且視同正本。科技論文的.pdf 檔算是重要文件，需好好保存。

　　科技論文出版後，除收到抽印本（有買或有贈送的話），有付費的話會收到發票(invoice)，這要收起來，以便從計畫中報銷出版費用或向學校或有關單位申請補助。科技論文出版的費用要在計畫中報帳的話，則需要在「謝誌」中有提及接受經費補助的字樣，如本研究係由科技部補助，計畫編號 MOST 103-2313-B005-xxx(The study was supported by Ministry of Science and Technology, R.O.C., Project No. MOST 103-2313-B005-xxx)，方能報銷。如任職單位願意補助出版的費用則不一定需要在謝誌中有提及，但一定要有的是：第一作者或通訊作者的任職機構上有該單位的英文全稱。

　　出版的報帳需要檢附以下各項資料（或依各單位規定）：

1. 匯出匯款申請書（水單）或信用卡帳單，上面有當時的匯率。

2. 發票。

3. 抽印本（或.pdf 檔印出本）。

5.8 稿件的狀態

稿件在個人履歷表上的狀態可以一篇科技論文做例子說明如下：

1. 製備中

   (1) S.-Y. Tsai, S.-J. Huang, S.-H. Lo, T.-P. Wu, P.-Y. Lian and J.-L. Mau. 2009. Flavor compounds and antioxidant properties of several cultivated mushrooms. In preparation.

2. 投稿中

   (1) S.-Y. Tsai, S.-J. Huang, S.-H. Lo, T.-P. Wu, P.-Y. Lian and J.-L. Mau. 2009. Flavor compounds and antioxidant properties of several cultivated mushrooms. Food Chemistry (submitted).

3. 已修正

   (1) S.-Y. Tsai, S.-J. Huang, S.-H. Lo, T.-P. Wu, P.-Y. Lian and J.-L. Mau. 2009. Flavor compounds and antioxidant properties of several cultivated mushrooms. Food Chemistry (revised).

4. 已接受

   (1) S.-Y. Tsai, S.-J. Huang, S.-H. Lo, T.-P. Wu, P.-Y. Lian and J.-L. Mau. 2009. Flavor compounds and

antioxidant properties of several cultivated mushrooms. Food Chemistry (accepted).

5. 出版中

(1) S.-Y. Tsai, S.-J. Huang, S.-H. Lo, T.-P. Wu, P.-Y. Lian and J.-L. Mau. 2009. Flavor compounds and antioxidant properties of several cultivated mushrooms. Food Chemistry (in press). doi:10.1016/j.foodchem.2008.08.034

6. 已出版

(1) S.-Y. Tsai, S.-J. Huang, S.-H. Lo, T.-P. Wu, P.-Y. Lian and J.-L. Mau. 2009. Flavor compounds and antioxidant properties of several cultivated mushrooms. Food Chemistry 113: 578-584. doi:10.1016/j.foodchem.2008.08.034

5.9 論文的日期標示

科技論文的正式文件上在題目、作者、服務機構下、其他首頁適當地方或論文的最後面可以找到一排日期標示，這些日期紀錄著這篇論文在投稿到出版的歷程。當出現實驗數據抄襲糾紛時，這些日期可提供佐證，確立孰先孰後的依據。首先會有：

1. 收稿日期(date received)。

2. 收到修正稿日期(date received in revised form)。

3. 接受日期(date accepted)。

可參考範例如下：

LWT - Food Science and Technology 42 (2009) 594-598

Contents lists available at ScienceDirect

LWT - Food Science and Technology

journal homepage: www.elsevier.com/locate/lwt

Composition and non-volatile taste components of *Hypsizigus marmoreus*

Yu-Ling Lee [a], Shao-Yu Jian [b], Jeng-Leun Mau [b,*]

[a] Department of Food Science, Central Taiwan University of Science and Technology, Taichung 40601, Taiwan, ROC
[b] Department of Food Science and Biotechnology, National Chung-Hsing University, 250 Kuokuang Road, Taichung 40227, Taiwan, ROC

ARTICLE INFO

Article history:
Received 27 November 2007
Received in revised form 9 September 2008
Accepted 11 September 2008

Keywords:
Hypsizigus marmoreus
Mushroom
Mycelium
Taste component

ABSTRACT

Two strains of *Hypsizigus marmoreus* (Peck.) Bigelow (Tricholomataceae) are successfully cultivated and commercially available in Taiwan, and their composition and non-volatile taste components of fruit bodies and mycelia were studied. Both fruit bodies were higher than mycelia in contents of carbohydrate, ash and fiber but lower in contents of fat and protein. Total sugar and polyol contents were 45.47–91.50 mg/g and total free amino acid contents were in the descending order of white strain fruit bodies (122.97) > normal strain fruit bodies (95.94) > white strain mycelia (53.20) > normal strain mycelia (46.87 mg/g). Monosodium glutamate-like components of both fruit bodies were 3–4-fold higher than those of both mycelia. Total 5'-nucleotides contents were 6.43–11.02 mg/g with white strain fruit bodies being the highest. Equivalent umami concentrations of both fruit bodies were higher than those of mycelia. Overall, *H. marmoreus* fruit bodies possessed highly intense umami taste.
© 2008 Swiss Society of Food Science and Technology. Published by Elsevier Ltd. All rights reserved.

由於修正有時不止一次，因此應該是指最後一次收到修正稿的日期。若只有收稿日期和接受日期，但沒有收到修正稿日期時，這表示這篇論文是逕自接受的可參考範例如下：

Available online at www.sciencedirect.com

SCIENCE ⓓ DIRECT®

LWT 39 (2006) 1066-1071

www.elsevier.com/locate/lwt

Nonvolatile taste components of *Grifola frondosa*,
Morchella esculenta and *Termitomyces albuminosus* mycelia

Shu-Yao Tsai[a], Chien-Ching Weng[a], Shih-Jeng Huang[a],
Chin-Chu Chen[b], Jeng-Leun Mau[a,*]

[a]*Department of Food Science, National Chung-Hsing University, 250 Kuokuang Road, Taichung 40227, Taiwan, ROC*
[b]*Biotechnology Center, Grape King Inc., 60 Lungkang Road, Sec. 3, Chungli 320, Taiwan, ROC*

Received 15 April 2005; accepted 27 July 2005

　　再比較接受日期和這篇刊出的日期就可以知道這期刊從接受到出版所需的時間。

5.10 正式文件

　　科技論文的正式文件依稿件的狀態不同而有所不同，但製備中和投稿中的稿件，甚至嚴格來說，包括已修正的稿件都不被認定為正式文件。科技論文從接受至出版所需的時間也許很長，但不影響該稿件已被接受的事實。一般研究成果的認定是只要該稿件已被接受，有接受函備查，即可算一篇科技論文。加上近年來研究計畫申請、教師升等、研究生畢業要求的科技論文發表都是只要該稿件被接受即可等同於發表，主要是因為有些科技論文從投稿至出版所需的時間超過一年所致。

以下依不同稿件狀態分別列出較完整的正式文件，僅供參考：

1. 已接受

    (1) 接受函。

    (2) 已接受的稿件全部，若只是應徵工作且件數很多，可以考慮附上已接受稿件的封面與摘要頁即可。

2. 出版中

    (1) 接受函。

    (2) 校對稿，有時可以不必附上接受函，在個人履歷表可以附上該科技論文的 DOI 識別號，以備查詢之用。

3. 已出版

    抽印本、影印本或該科技論文.pdf 檔以雷射印出的文件，此時已不需要接受函。

4. 升等代表著作

    (1) 抽印本、影印本或該科技論文.pdf 檔以雷射印出的文件。

    (2) 以外國語文撰寫者，檢附該科技論文的中文摘要。

    (3) 代表著作合著人證明。

    所需的文件則依各單位規定而定。升等對正式文件的要求比較嚴格，雖然目前已接受的稿件已經可作為升等的代表著作，但是還是以已出版的科技論文較佳。

　　科技論文的代表著作通常用於申請學術發表獎勵、申請學術傑出獎勵、申請計畫補助、出國開會補助和最重要的教授或研究員升等。代表著作一般都要求是第一作者或通訊作者即可。用其他的作者排名的科技論文來當代表著作，除非有特別規定外，不然都是不可能會通過審查的。但是為求慎重起見，升等副教授或同級的代表著作，若代表著作的第一作者和通訊作者是同一個人（即申請人），更能顯出作者的學術研究成果。

　　然而，升等教授或同級的代表著作最好第一作者和通訊作者是同一個人，還有作者列上面沒有比申請人更資深的教授或研究員或其指導教授的名字。這樣比較能夠說服審查人這篇是代表申請人的學術研究成果。若出現比申請人更資深的教授或研究員或其指導教授的名字，會讓審查人覺得申請人要升等教授，但仍然需要有人繼續指導，而不能獨立進行學術研究的嫌疑。因為教授這個階層表示已經達到在某一領域有相當程度的學術研究成果，足以獨立進行學術研究。

memo

第六章　退稿的理由與應對

6.1 退稿的理由

根據上述的科技論文發表流程有四階段的退稿：

1. 第 II 階段：稿件投出，步驟 II-2：行政作業：主編初閱認定不合適，而未經審稿的退稿。

2. 第 II 階段：稿件投出，步驟 II-3：抄襲檢查：抄襲情節嚴重的退稿。

3. 第 II 階段：稿件投出，步驟 II-5：審稿結果的退稿。

4. 第 IV 階段：稿件複審的退稿。

退稿的理由很多，整理起來有以下 12 個重點：

1. 投錯期刊

就如上述的第一種退稿，就是稿件的內容不是該期刊想要的，學術領域不對是主要原因，而內容（研究成果）不是很好也可能是原因，但修改稿件格式另投其他期刊即可。

2. 抄襲情節嚴重

現在期刊編輯部都會採用原創性比對軟體，若發現與已發表期刊論文的文字相符率過高，則會退稿。此時則需要好好改寫或改述相符的語句，以避免與發表的期刊論文相符。其次，盡量不要複製或剪輯已發表期刊論文的文字、圖像和數據。若需要引用時，要正確說明出處。當重新修

改完稿件後，自己也可以用原創性比對軟體檢查，確認並無抄襲後，再另投其他期刊。

3. 有限的研究成果

若研究成果屬於地區性的結果，無法應用到世界其他地區，也是被退稿的原因。其次，就是採用過時、非常用或具爭議性的實驗技術、儀器所得的研究成果，太過於支離破碎的（不夠完整）研究成果或邊際性補充性的（邊際效應）研究成果都是造成被退稿的原因。

4. 格式不對

有些稿件根本就未按照該期刊的格式來撰寫，尤其參考文獻部分，而被退稿。論文格式是一種期刊的特色，也是最基本的稿件要求，不按其格式就是不認同該期刊，當然不會被接受的。所以準備要投稿某期刊，就要仔細研讀該期刊的作者指引，才能符合其格式要求。

5. 英文不好

我們不是以英文為母語的，英文文法和語法不好是很常見的退稿理由。還有我們學的是美式英文(American English)，將稿件投到美國以外，採用英式英文的期刊也是很吃虧的。總之，加強英文寫作是重要課題，請講英文的同行幫忙修改也是一種學習，因為語言就是一種習慣，寫久了自然會熟練。

6. 實驗目的和實驗設計有問題

　　一篇稿件看不出他的實驗目的，對探討的問題講不清楚，即使出版也對科學領域沒有幫助。還有實驗設計不夠嚴謹，找不出重點，只是一個研究實驗的完成，使得稿件沒有顯著性，當然會被退稿。所以，明確的目的和問題探討及適當的實驗設計才能突顯稿件的開創性。

7. 實驗方法和步驟交代不清

　　稿件中的實驗方法和步驟應可允許實驗重作後，獲得相同的結果。但敘述不明的實驗方法和步驟，尤其是新穎或自創的方法和步驟讓審查人無法確認其結果的正確性，也是常導致被退稿的原因。

8. 不完整的統計分析

　　未採用統計方法來分析數據，會造成結果的詮釋不正確，也是被退稿的理由。稿件內圖表的數據要進行統計分析，但不要採用太複雜的高階統計方法，因為審稿人看不懂，而事實上作者也解釋不清楚。

9. 文獻整理不完備

　　在稿件寫作時就要進行完整的文獻搜尋，而不是只有與稿件內容相關的特定文獻。有時稿件內容已被發表或與已發表的不太一致而不自知，也是被退稿的理由。

10.不想修改

作者也許覺得審稿人的審查意見不夠專業,對其意見不滿意、不高興而不願意依審稿人的意見修改,且不寫抗辯的理由或理由無法說服審稿人或主編等人,就會遭受被退稿的命運。所以在修正稿件的時候,宜謹慎修改,以使能順從審查意見修正又不會違背己意,不過遇上這種情形確實很難處理得好,但為了能被接受,確實需要一點智慧,才能有個雙方都可以接受的妥協修正。

11.結果不好

有時研究成果不一定如研究者所願,也不盡然是實驗設計有缺陷,才會被退稿。當然,衝擊因子高的學術期刊對研究成果的審查就會更嚴格,一件成果普通的科技論文是不會被接受的。但是,可以補作實驗或重新改寫再投衝擊因子低的期刊也是可以的,若研究成果確實不是很好,能改投各學術機構的學報也是可以的。筆者認為各學術機構的學報應該繼續留存下來,即使不能成為登上 SCI 或 SSCI 資料庫的期刊,但至少是一個讓各機構的研究人員有保留其研究成果和記錄各機構研究計畫的期刊。

12.被人搶先發表

科技論文就是描述未曾被人發表過的研究成果。一旦被人搶先發表,即使他人的研究成果不比自己的好,就會

淪落到毫無創新的境界，而被退稿。這種情形都出現在碩、博士班研究生畢業後，學位論文內的研究成果因為種種原因而拖得太久，都未被寫成稿件投出去，以致被人搶先發表。這種稿件被退稿也就沒有機會再被刊登了，十分可惜。因此在撰寫稿件時，就要做好文獻搜尋的工作，並確認沒有人發表相關的研究成果，以免做白工。

6.2 退稿的應對

當打開信件看到被退稿的字句，心情確實不好受，有時也會很生氣，那時就可以將之擱置一旁。但是過了幾天，等心情平復之後，再來看信件，就不會那麼激動，情緒的反應也比較緩和。對啊！只是被退稿，也不是什麼世界末日，沒那麼嚴重。雖然被退稿，但是審稿人的審查意見仍是很寶貴的，所以仍然可依其意見來修正稿件，再參照另一期刊的作者指引來修改格式，盡快重新投稿，以免時日一久會失去鬥志，讓自己花心血的一篇研究成果無法分享世人。

有時被退稿與稿件內容無關，也與該期刊的要求無關，是與審查人有關，也許是運氣不好，遇上較嚴謹的審查人，稿件內容就會被一項項挑出來刁難，因而被主編判定退稿，或遇上對稿件所做的實驗不熟的審查人，發生外

行（對此領域不熟的人）審內行的現象，而遭到退稿。在
這種情形下，修改格式另投其他期刊即可，也不必太氣餒。
在學術界常常有被衝擊因子低的期刊退稿，但經過改投
後，刊登在衝擊因子較高的期刊的情形。

memo

第七章　投稿心得

　　筆者從 1983 年發表第一篇中文科技論文，到 1991 年發表第一篇 SCI 英文科技論文，至今（2018 年）共發表近 206 篇科技論文，其中 184 篇是以英文發表的科技論文，而發表在十餘種 SCI 期刊上共有 146 篇英文科技論文，另還有 4 篇 EI 期刊論文。因此，在科技論文的寫作上也走過一段不算短的路途。如今將一些發表科技論文的感想並綜合整理一些從事學術研究的學者們所發表的感想如下：

　　一般刊登在大眾化報章雜誌上的文章，作者大都可以獲得按字計酬的稿費，但是學術研究的期刊正好相反。首先，學術研究需要申請一筆可觀的經費（研究計畫補助費）來支持，其次做完實驗也要花一番心血才能寫成稿件，而稿件投到期刊給人家審稿，接不接受則要看人家臉色，接受後還可能要付費才能出版，而且是沒有稿費的。說簡單一點，學術研究真的是花時間、花精神、花錢不說，研究成果還不一定能發表，所以說從事學術研究是件清苦、燒錢的工作。但是，一個從事學術研究的人要的就是在研究成果發表時能感受到那份自我表現、自我肯定的成就感。

7.1 千頭萬緒難開始

撰寫科技論文是難在不知如何開始，如果能夠有人帶領、指導的話，就可以有個起頭。因為從事學術研究的人沒有發表論文，就是等於沒有研究成果，而其成果的優劣，也是由論文所在期刊的衝擊因子和排名以及論文被引用的次數來判定，所以研究者要做好心理建設，勇敢地跨出艱難的第一步。

國內的研究者常受限於英文不是母語，在寫作上有著先天的門檻，因此有時研究的成果很不錯，但是稿件卻投不進高衝擊因子的學術期刊，就像空有一堆好料，卻煮不出一道好菜，非常可惜。其次，國內的研究者有些不僅英文不好，事實上連中文的科技論文都寫不好。要想寫好英文科技論文，要先從中文寫作開始，至少寫出來的內容要符合科技論文的需求。雖然中文是母語，但也不能想寫什麼，就寫什麼。而寫好中文的方法，就是練習寫日記或短文，但不一定要每天寫，而是利用寫日記或短文的時候，養成整理頭緒，寫出重點的習慣。

科技論文是一件藝術品(a piece of art)，像一篇作文，其內容是一句接一句，而且相當精簡，彼此間有起折轉圓，甚至環環相扣的句子，和一般講話不一樣。曾經有位研究生先寫好中文稿件，然後花數萬元請翻譯社翻成英文，再交給指導教授。結果該名研究生的指導教授還是請他回去

寫好中文，並自己翻成英文，因為翻譯社不懂專業英文的術語，翻出來的英文就跟翻譯機翻的一樣差。所以，一切還是要靠自己比較實在，學術領域裡外行人是無法幫忙的。而寫好英文的方法，同樣也是練習寫日記或短文，除了養成整理頭緒，寫出重點的習慣之外，另外要加上查字典、認識單字、片語和其用法及熟悉文法，還有在看論文時，多去注意句子的結構和語法。因為科技論文所用的文句基本上都差不多，看多了、寫久了就能知道竅門在哪了。

科技論文有一定的格式，不管中文或英文，在邏輯上是差不多的，能夠寫好中文的科技論文，再翻成英文即可。正確的說應該是按原意用英文來寫才對，因為中、英文兩者不是可以逐字逐句翻譯的。或者可以先用中文寫出想要表達的句子大意，然後再用英文來寫出完整的句子，而整篇論文可以先條列出每一段、每一句的大意，再逐段、逐句的寫作。這方法雖然很笨，也很花時間，但這卻是很有效的辦法。當然，若能學好英文，直接用英文思考及寫作更能寫出好的稿件。所以，萬事起頭難，要跨出這艱難的第一步，需要很大的勇氣和努力。一旦千辛萬苦地寫完第一篇後，就會倒吃甘蔗，漸入佳境。然而，科技論文內的研究成果好壞才是重點，即使英文寫作的能力再好，也不能把不好的成果變好，最多能讓好的研究成果更容易被接受而已。

寫好英文科技論文的階段經整理如下：

1. 先用中文寫好內容，再寫成中文的科技論文，再寫成英文。

2. 先寫成中文的科技論文，再寫成英文。

3. 先寫出中文大要，再寫成英文。

4. 先寫出英文大要，再寫成英文。

5. 直接用英文寫作。

剛開始可以從第一階段按部就班，當能夠直接用英文思考及寫作時，那就是即將邁入成功之時。須注意的是，可參考已發表的期刊論文，但是切記不能將他人的句子複製貼上，以避免抄襲的情形發生。

7.2　堅持到底不放棄

作學術研究的人就是希望能夠將自己的研究成果以科技論文的方式發表出來，因此投稿是必要的，而被退稿也是需要習慣的。當稿件被退時的反應，除了有些沮喪外，就是生氣，因為最氣的是外行審內行，但是被退稿了，就是無法申訴。當習慣於稿件被退時，就不會生氣，也不會覺得是世界末日，只是有些難過，但還是不想面對時，那就先把稿件擱置一段時日，先沉澱一下心情。

不過，筆者還是希望作者能夠考慮審稿人的意見重新修正稿件，修正後再依另一期刊的作者指引來修改格式，以便盡快重新投稿，因為每篇稿件不是只有寫作時所花的心血，還有前面實驗進行階段（第 0 階段）之花費，包括計畫構思、計畫撰寫、實驗設計、實驗執行、數據分析及數據詮釋等。除非是數據有問題被質疑或數據不好，不然就不要輕言放棄，一旦投稿就要堅持到底，即使要補做實驗或重新改寫也要繼續，使其出版才是任務之完成。

國內有很多博、碩士論文的內容和結果很好，有著創新、前瞻及實用性，卻沒被發表在學術期刊上，只因為指導教授太忙，研究生畢業後就業，不在學術界，或缺乏英文寫作能力或拖過論文時效而不適合發表，或被人搶先發表而永遠被埋沒。所以，被退的稿件要盡快重新投稿，一旦拖久就會永遠沒有被出版的機會。

7.3 把壓力轉為動力

有壓力才有動力。有蒸汽壓力才能推得動火車向前行進，所以給自己壓力，才會有寫作的動力。適當的壓力是正面的，因為壓力可以激發一個人的潛能，讓人成長與進步。但是除了畢業、升等和保有現職等壓力外，除非是自我要求很高的人，可以再給自己壓力，不然就要藉外在誘因，這就會比壓力好多了。

外在誘因是指參加國外的學術研討會，有機會出國開會是很大的誘因，但是申請研討會的出國補助要全文報告，因此從數據整理、圖表製作、撰寫摘要及最後的全文報告（稿件）都可以在限期內完成。全文稿件除了可以參加研討會外，同時可依屬意期刊的格式修改後投稿。當然，若該研討會在會中或會後出版有全文刊登的論文集，則可算是發表，但不算 SCI 科技論文。若為 SCI 期刊出版的論文集，如美國化學學會(ACS)的研討會論文集則更好。假如發表 SCI 科技論文還有一筆獎勵金，一般人對這個誘因會比較有興趣的。

7.4 多合作發表論文

想要多發表科技論文，就要從建立學術研究和英文寫作的團隊開始，再多參加群體計畫、進行跨領域合作，因為單打獨鬥比較投不進高衝擊因子的學術期刊，而群體計畫的內容原創性及前瞻性較高，則比較容易投入高衝擊因子的學術期刊。

在研究室內研究生可以養成互相幫忙，或責成學長姐帶學弟妹做實驗，形成兩人一組的團隊，彼此之間可以分工合作和互相討論。若這種制度能變成一個研究室的傳統更好。這樣一來，一個人各寫一篇，因為互相掛名成為作

者，二個人就共有兩篇科技論文，也就是說「一人一篇，兩人兩篇」。

在一個學系或研究所裡，同領域或領域相近的老師們可以進行組織分工，並互相合作；如有人申請計畫，以爭取研究經費；有人督導實驗，指導研究生，掌握實驗進度；有人整理數據，製作圖表，進行統計分析；及大家一起來討論和詮釋研究成果，最後有人撰寫稿件投稿，以完成論文的發表，而整個團隊就會像學術生產線一樣，源源不絕產生科技論文。

在跨領域間則要進行整合型計畫的策略聯盟，計畫主持人和各分項主持人一同申請計畫，分頭進行實驗，然後先個別彙整實驗結果，再整合研究成果及最後撰寫科技論文。整合型的計畫可以有一系列的連續性研究，能深入地探討要解答的各項問題，這樣的研究比較完整，所得的成果在論述上也比較有廣度和深度，所寫出來的科技論文更能被高衝擊因子的學術期刊接受。

7.5　多讀書也寫論文

研究者都很會搜尋所要的資料，也很會讀書，更會做實驗。但是這樣還是不夠的，因為要會把所得的研究成果發表出來才算是真正的研究者。從事學術研究的人基本上

都能將是世界上最新穎、最先進的科學知識教授給學生和研究生，那只是在整理已發表的文獻而已。若整理的是研究者十年或長久以來的研究，相信一定是更能清楚地說明整個實驗的設計、實驗的執行、更能解析研究的嘗試、創新與突破，加上所建立新的科學知識，對學生和讀者而言將受益更多。而一面做實驗，一面寫論文也有教學相長的效果。

目前，科技論文已經變成評估研究者的研究能力與學術水準的主要依據，而 SCI 引用期刊論文的質和量也成為評量的標準，加上升等和保有現職工作都以論文作為客觀的評審標準，因此研究者除教書和做研究外，還要多發表論文。

7.6 投稿的策略運用

每篇科技論文就是一篇完整的故事，一篇有討論的完整報告，更是一篇可自圓其說的故事。論文的內容可多可少，裡面有著新的知識、新的想法和新的概念。研究成果要發表才有人知道，要發表才能建立研究者在這領域的地位與權威。而投稿也需要一些策略才能把所做的研究成果都發表出去。「上駟對上駟，下駟對下駟」是一個很好的策略，即很好且顯著的研究成果就可以考慮衝擊因子高且領

域排名在前面的 SCI 學術期刊，但是實驗結果平平的就只能考量一般的學術期刊或甚至一般學校機構的學報。所以投稿時，就先從該學術領域中衝擊因子高，且領域排名前面的學術期刊開始；不幸被退稿了，再改投衝擊因子次高，且領域排名再後一些的期刊；再被退稿了，再依序往下投稿；最後直到無 SCI 的期刊可以投稿時，便考慮一般學校機構的學報。

筆者的信念是希望所做的研究都盡量發表出來，因為做研究是很花心血的，埋沒掉這些研究成果是很可惜的。即使是刊登在學報上，也對自己、對共同作者和對花心血所做的研究成果有所交代。雖然科技論文刊登在學校的學報上，但在今日網路搜尋系統是如此神通廣大，一樣可以讓大家知道你的研究成果，一樣可以被閱讀、被討論，只是一篇論文而不在高衝擊因子的 SCI 期刊罷了。

此外，「多引用自己的論文」是另一個的策略，因為一篇論文除刊登在高衝擊因子的期刊很重要外，被引用的次數也是評量的要項之一。要依靠世界上其他作者來引用作者的論文，還不如自己引用自己的論文來得快又多。一篇投稿的論文引用 5 篇自己的論文，當發表 10 篇時，已發表的論文加起來可以被引用 50 次。作者的論文被引用是沒有嫌少的，而是多多益善的。

7.7 研究成果的整理

　　研究成果最直接且最完整的留存紀錄就是科技部相關機構的研究報告和碩、博士論文。當要撰寫科技論文前先要把自己多年來的研究成果整理出來，就是把一本本的報告或學位論文內容仔細詳閱，然後由其中的圖表來整理出可以發表的論文篇數。有些報告或學位論文中圖表不完整、數據不合理或結果不顯著的部分都必須捨去不用，而留下一些完整且顯著的結果，一篇論文的圖表總數約有 4~8 張。有些簡單的表可在正文中敘述，就減少 1 張表；若超過 8 張圖表可考慮拆成兩篇。這沒有一定的原則，要依照內容的完整性來看，因為論文在敘述一個故事，故事的完整性也是很重要的，不然審稿人有時會要求作者補做一些實驗，以補足其研究論述的完整。

　　接著，可按先後順序給予稿件一個編號和一個簡稱，如 M162 菇類生長，以便建檔來管理。其次可以記錄每篇稿件的狀態，可以採用本書中所區分的階段和甚至更細的步驟，如稿件撰寫的圖表製作。所有稿件的狀態就可以一目了然，包括製備中、投稿中、修正中、已修正、已接受或出版中等階段。當稿件變成發表的論文後，可再給定一個無英文代碼的編號，如 080-M162 菇類生長或 M162-080 菇類生長，以便彙整所發表的論文。以上是筆者個人的經歷，僅在此提供參考。

7.8　撰寫論文的準備

撰寫論文的準備的要項經整理如下：

1. 充足的睡眠

撰寫論文是一件很傷神的工作，雖然在書桌前用功了幾個鐘頭，可以睡得很沉，但是在開始前則需要有充分的睡眠休息，這樣心情比較沉靜。頭腦也比較清楚。

2. 清靜的環境

最好挑沒課，研究室都沒有人，也沒有其他事務打擾的時段，例如晚上或週末假日，這樣思緒才能集中及連貫。同時研究室的溫度不能太高，室溫過高容易心浮氣躁，無法集中精神。筆者的經驗是在專心寫作時會覺得室內越來越熱，所以保持適當的空調是需要的。室溫要多少才合適則因人而異，筆者有看過某位教授的研究室僅 22°C。

3. 完整的時段

撰寫論文是持續的工作，若僅利用每天的片段時間，很難有連貫的思緒，所以要有個 1~2 小時才算是完整的時段，而這時段最好是早上，因為那時頭腦比較清楚。此外，養成寫論文的習慣也是很重要的。一篇論文一旦放置超過一個月，大約需要一個小時左右才能回到正常的思緒上。若不能每天有此時段，一週內找個幾天或是固定一天也是可以的。重點是思緒不能中斷，這樣才能完成論文寫作。

4. 快捷的網路

撰寫論文時需要查詢有關文獻、關鍵語字詞以及相關期刊論文的資料，網路的快速通暢最重要。網路不夠快捷或斷訊常會造成寫作思緒的中斷和在等待中浪費時間。

5. 專心的思緒

撰寫論文時希望能夠專心一致，而不想被打擾，也不希望心上還有事情待處理，因此筆者準備要寫作時都會先處理一些雜事，然後才開始進入該篇論文的思緒中。但是有時雜事多，常常忙完了雜事，完整的時段也剩下不多，但是在思緒上仍然能夠連貫。

6. 適度的壓力

適度的壓力可以讓自己完成論文的寫作，例如期刊論文的修正是有期限的，因此該篇論文的修正就要在期限內完成上傳，不然一旦超過期限，線上投稿與審稿系統就會自動關閉，而無法如期繳交修正稿。此外，申請出國參加研討會的補助是有申請期限的，即需要在出國前六週（以科技部為例）線上申請並上傳完整的論文，善於利用適度的壓力可以持續論文的寫作。

memo

附　錄

附錄一

封面函(Cover letter)

NATIONAL CHUNG-HSING UNIVERSITY

Department of Food Science and Biotechnology

250 Kuokuang Road, Taichung, Taiwan 40227, R.O.C.

March 6, 2008

Dear Editor-in-Chief:

E-mailed I have sent a manuscript entitled, "Taste quality and antioxidant properties of *Phellinus linteus* and *Sparassis crispa* mycelia" that I wish to be considered for publication in the *Food Chemistry*. All coauthors of this paper contributed to the work and approved contents of the final version before submission. This manuscript has not been accepted for publication elsewhere. I would appreciate it if you could expedite the review process for this manuscript.

Please let me know if I can provide anything further regarding the review process. I look forward to hearing from you about the progress of the review. Thank you for your assistance.

Sincerely,
Jeng-Leun Mau
Phone: +886-4-2285-4313, FAX: +886-4-2287-6211
E-mail: jlmau@dragon.nchu.edu.tw

附錄二

退稿函(Rejection letter)

Ms. Ref. No.: FOODCHEM-D-07-00513
Title: Antioxidant properties of chitosan from crab shells
Food Chemistry

Dear Dr. Jeng-Leun Mau,

Thank you for sending your MS to FOOD CHEMISTRY.

I regret to inform you that on this occasion we are unable to publish your manuscript in this journal, therefore I must reject it. Space limitations in FOOD CHEMISTRY have forced us to select papers on the grounds of balance of subject matter. This in no way reflects on the scientific quality of your paper.

I understand that this decision may be frustrating since I know how long it takes to prepare a manuscript in a particular journal format. I would like to wish you success in having your paper published elsewhere.

Yours sincerely,

Gordon Birch
Receiving Editor
Food Chemistry

附錄三

詢問函(Inquiry letter)

NATIONAL CHUNG-HSING UNIVERSITY

Department of Food Science and Biotechnology

250 Kuokuang Road, Taichung, Taiwan 40227, R.O.C.

August 16, 2008

Dear Editor-in-Chief,

I would like to inquire the status of the submitted manuscript entitled, "Non-volatile taste components of *Hypsizigus marmoreus*" (Manuscript No. LWT-D-07-00841), which was sent on Nov. 27, 2007. I have not heard from you since then. Thank you for your time.

Sincerely,

Jeng-Leun Mau
Phone: +886-4-2285-4313, FAX: +886-4-2287-6211
E-mail:jlmau@dragon.nchu.edu.tw

附錄四

接受函(Acceptance letter)

Ms. Ref. No.: FOODCHEM-D-08-00390R1

Title: Quality and antioxidant property of buckwheat enhanced wheat bread

Food Chemistry

Dear Dr. Jeng-Leun Mau,

I am pleased to confirm that your paper "Quality and antioxidant property of buckwheat enhanced wheat bread" has been accepted for publication in Food Chemistry.

Thank you for submitting your work to this journal.

With kind regards,

Gordon Birch
Receiving Editor
Food Chemistry

修正稿之封面函(Cover letter after revision)

NATIONAL CHUNG-HSING UNIVERSITY

Department of Food Science and Biotechnology

250 Kuokuang Road, Taichung, Taiwan 40227, R.O.C.

March 6, 2008

Dear Editor-in-Chief:

E-mailed with this letter I have sent a revised manuscript entitled "Selected physical properties of chitin prepared from shiitake stipes (K061-04-05)" that I wish to be considered for publication in the *Food Science and Technology/LWT*.

The reviewer's comments were clearly followed. The changes in the revised manuscript were listed in the following pages. Please review the revised manuscript as compared to the original manuscript.

Thank you for your assistance.

Sincerely,

Jeng-Leun Mau
Phone: +886-4-2285-4313, FAX: +886-4-2287-6211
E-mail: jlmau@dragon.nchu.edu.tw

詞　彙

Abstract　摘要：縮小版的科技論文，以有限字數描述科技論文的研究成果。

Academic journal　學術期刊：又簡稱期刊，出版經審查通過的科技論文，提供世人參考與應用。

Academic thesis　學位論文：指以獲取學位為目的而寫成的論文。

Acceptance letter　接受函：通知稿件被接受的信。

Acceptance without change　逕自接受：稿件的審查結果。

Accepted　已接受：稿件的狀態。

Accepted article　已接受的文章：科技論文。

Accepted manuscript　已接受的稿件：可稱為科技論文。

Accepted paper　已接受的論文。

Acknowledgements　謝誌：論文的一小段，感謝幫助完成研究的人員和機構。

Administrative processing, ADM　行政作業：期刊編輯部對所收稿件的文書處理。

Affiliation　服務機構：指所有作者從事本論文實驗的服務機構。

Air-mail submission 郵寄投稿：將稿件以紙本方式寄出投稿。

Article 科技論文：在期刊編輯部或出版社中稱之。

Article counts 文章數：刊登在 JCR 資料庫中期刊的論文篇數。

Article in press 出版中的文章：出版中的科技論文。

Arts & Humanities Citation Index, A&HCI 藝術與人文文獻引用索引：ISI 出版的藝術與人文 JCR 資料庫，可供查詢引用的相關文獻。

Assembly of manuscript 稿件整體或論文整體：指一篇稿件或論文。

Associate editor, AE 副主編：幫助主編辦理稿件的審查事務。

Author 作者：對此篇論文，包括計畫擬定、實驗執行、結果分析和稿件寫作有直接貢獻的人。

Author guide 作者指引：學術期刊所規範的科技論文格式要點。

Citation 文獻引用：一篇科技論文或一種期刊在 JCR 資料庫中被引用的情形。

Citation counts 文獻引用數：一篇科技論文在 JCR 資料庫中被引用的次數。

Conclusion　結論：論文主體或正文中的一節，扼要敘述整篇論文的主要研究成果。

Copyright transfer form　版權轉移表：作者藉以將版權轉移給期刊社，而使期刊對於所出版的科技論文擁有版權。

Corresponding author　通訊作者：一篇科技論文中後面標上星號(*)的作者，為該篇科技論文的負責人。

Cover letter　封面函：一封給期刊主編的信，表示附上要投稿的稿件。

Digital object identifier, DOI　識別號：每篇科技論文專有的數位物件識別號，可藉以引用和連結 DOI 系統中的電子文件。

Discussion　討論：論文主體或正文中的一節，常與結果合併成結果與討論，討論論文的研究成果。

Dissertation　學位論文：指以獲取學位為目的而寫成的論文。

Editor in chief, EIC　主編或總編輯：期刊的總負責人。

E-mail submission　電子郵件方式投稿：將稿件和封面函的檔案以電子郵件寄給主編。

Engineering Index, EI　工程索引：提供查詢的資料庫，因未收錄期刊參考文獻且未建立引用的數據，因此無法查詢文獻引用的資料，只能提供工程索引中刊登的文章數。

Experiment proceeding 實驗進行：為發表的流程的第 0 階段。

Experimental Procedures 實驗程序：有些期刊對材料與方法的另一種名稱，為論文主體或正文中的一節，敘述研究所用的材料、實驗方法和統計分析。

Figure 圖：以各式圖形方式呈現的研究成果。

Figure Captions or Legends 圖標題：以文字敘述各式圖形的內容。

First author 第一作者：一篇科技論文的作者行中排名第一的作者。

Hard copy submission 紙本投稿：將稿件以紙本方式寄出投稿。

Helsinki Declaration 赫爾辛基宣言：訂定人體試驗的倫理指導原則，以確保受試人的權益。

Impact factor, IF 衝擊因子：JCR 中一種期刊的指標，指該期刊前二年發表的科技論文在當前年的平均被引用次數。

In preparation 稿件撰寫或製備中：為發表的流程的第 I 階段。

In press 付梓中或出版中：代表論文在出版期間的狀態。

Inquiry letter 詢問函：詢問稿件目前的狀態。

Institute of Scientific Information, ISI　美國科學資訊研究
　　所：建構有全世界最完整的各種跨學科領域書目資料庫
　　的私人機構。

Instructions to author　作者指引：學術期刊所規範的科技論
　　文格式要點。

Introduction　前言：論文主體或正文中的一節，敘述這篇
　　論文的背景和源起資料、簡介前人的貢獻，指出未解的
　　問題、並說明論文的目的與重要性及簡述主要方法。

Journal　期刊：一般指學術期刊，出版經審查通過的科技
　　論文，提供世人參考與應用。

Journal Citation Reports, JCR　期刊引用報告：ISI 出版的資
　　料庫，可供查詢引用的相關文獻。

Journal paper　期刊論文：即科技論文，因刊登在學術期刊
　　上故稱之。

Key words　關鍵字：以提供科技論文搜尋之用。

Letter for notification of acceptance　接受函：通知稿件被接
　　受的信。

Letter for receipt of manuscript　收稿函：期刊主編所發出的
　　信，表示收到稿件。

Letter for receipt of revised manuscript　修正稿收到函：期
　　刊主編所發出的信，表示收到修正稿。

Letter for review results　審稿結果函：通知稿件審查結果的信。

Letter of rejection　退稿函：通知退稿的信。

Literatures Cited　引用的文獻：有些期刊對參考文獻的另一種名稱，論文中的一節，詳列出所引用和討論的文獻。

Major revision for reconsideration　大修後再審：稿件的審查結果。

Managing editor or executive officer, EO　經理編輯：負責期刊編輯部的一般行政文書事務。

Manuscript　稿件：在撰寫、投稿、審稿期間的科技論文。

Manuscript body　稿件主體、論文主體、正文、本文或內文：包括前言、材料與方法、結果與討論及結論等節。

Materials and Methods, M&M　材料與方法：論文主體或正文中的一節，敘述研究所用的材料、實驗方法和統計分析。

Minor revision for acceptance　小修後接受：稿件的審查結果。

Offprint　抽印本：科技論文的正本。

On-line submission　線上方式投稿：以線上方式傳送檔案至期刊的線上投稿與審稿系統（網站）上，完成投稿。

Open access　開放取用：在網路上可以自由取用的學術期刊論文。

Oral presentation　口頭報告：一種在學術研討會上發表研究結果的方式。

Paper in press　付梓中的科技論文。

Personal communication　個人通訊：建議不要引用。

Plagiarism　抄襲：無適當引用或說明出處的任何形式複製或剪輯，包括文字、圖像、數據或概念等。

Poster presentation　壁報展示：一種在學術研討會上發表研究結果的方式。

Proof　校對稿：一份科技論文的初稿（樣張）。

Publication　論文出版：為發表的流程的第 V 階段。

Refereed paper　期刊論文：即科技論文，因為期刊論文都是經過審查而發表的，科技部所定義的。

References　參考文獻或參考資料：論文中的一節，詳列出所引用和所討論的文獻。

Rejection　退稿：稿件的審查結果。

Rejection without being reviewed　不經審稿而逕行退稿：主編初閱後認為不合適的。

Representative paper　代表著作：研究人員最具代表性的科技論文，用以申請獎勵、申請計畫補助、出國開會補助和升等。

Reprint　抽印本：科技論文的正本。

Re-reviewing　稿件複審：為發表的流程的第 IV 階段。

Research note　研究短文科技論文的一種：是屬於新發現或新發明，為求盡快發表的研究報告。

Research paper　研究論文：科技論文的一種，描述原始研究結果的完整報告，或稱為原創性的報告。

Research performance index, RPI　研究表現指數：以前行政院國科會生物處（現科技部生科司）用以評估研究人員研究成果的指標。

Response to reviewer's comments　審稿意見答覆表：作者對審稿意見答覆的綜合整理報告。

Results　結果：論文主體或正文中的一節，常與討論合併成結果與討論，敘述論文的研究成果。

Results and Discussion, R&D　結果與討論：論文主體或正文中的一節，敘述與討論論文的研究成果。

Review　研究回顧：科技論文的一種，是由資深研究者針對某一專題，將全世界多年已發表的研究成果所整理出來的報告，一般都是邀稿的。

Review comment　審稿意見：審稿人審完期刊稿件所填寫的意見表。

Review process　審稿過程：期刊所收的稿件在審查的過程。

Reviewer　審稿人：學術期刊所邀請審查科技論文稿件的研究人員，一般是無給職的。

Revised　已修正：稿件的狀態。

Revised manuscript　修正稿：依照審稿意見完成修正之稿件。

Revision　稿件修正：為發表的流程的第 III 階段。

Running title　短題目或小標題：供每篇論文辨識之用。

Science　科學：有系統、有組織的學問。科學一般可分為自然科學和社會科學兩大類，在無特別說明時，科學都是指自然科學。

Science Citation Index Expanded, SCIE　科學文獻引用索引：ISI 出版的科學 JCR 資料庫，可供查詢引用的相關文獻。

Scientific method　科學方法：用來不斷重複測試、確認已存在以及新生成科學觀點的方法。

Scientific and technical paper, S&T paper　科技論文：在學術期刊上發表學術研究成果的正式論文。

Scientist　科學家：具有碩士學位或博士學位而從事科學研究的人。

Social Science Citation Index, SSCI　社會科學文獻引用索引：ISI 出版的社會科學 JCR 資料庫，可供查詢引用的相關文獻。

Status of manuscript　稿件狀態：稿件在期刊編輯部所在的文書處理狀態。

Style guide　作者指引：學術期刊所規範的科技論文格式要點。

Submission　稿件投出：為發表的流程的第 II 階段。

Submitted　投稿中或審稿中：稿件的狀態。

Table　表：以表格方式呈現的研究成果。

Table and figure sequence, T&F sequence　圖表序列：排序好的圖和表順序，為整篇論文或稿件的主軸。

Text　正文、本文、內文、稿件主體或論文主體：包括前言、材料與方法、結果與討論及結論等節。

Thesis　學位論文：指以獲取學位為目的而寫成的論文。

Title　題目或標題：科技論文的標題，為論文的內容大要。

Under review　審稿中：稿件的狀態。

Unpublished data　未發表的數據：建議不要引用。

參考書目

1. 毛正倫。2008。實用統計技術。華騰文化公司，台北市。

2. 邱志威，吳定峰，楊鈞雍，陳炳輝譯著。1999。如何撰寫及發表科學論文。藝軒圖書出版社。（原著：Day, R. A. 1994. How to Write and Publish a Scientific Paper. 4th edition. The Oryx Press）

3. 胡淼琳。2006。科學論文之英文寫作與範例解析。合記圖書出版社，台北市。

4. 孫以瀚，蕭錫延，毛正倫，簡正鼎，魏耀揮，陳甫州。2007。如何成功投稿學術期刊研習營～生物科技篇講義（96 年 3 月 8~9 日）。台灣評鑑協會，台北市。

5. 陳秀熙，蕭錫延，毛正倫，陳甫州，魏耀揮，王錫崗。2007。如何成功投稿學術期刊研習營～生物科技篇講義（96 年 5 月 25~26 日）。台灣評鑑協會，台北市。

6. 傅祖慧。1990。科學論文寫作，修正第 3 版。藝軒圖書出版社，台北市。

7. 彭明輝。2008。碩士班研究所新生手冊。http://ppsc.pme.nthu.edu.tw/handbook/note/

8. 劉宣良，魏耀揮，邵廣昭，王錫崗，蕭錫延，毛正倫。2007。如何成功投稿學術期刊研習營～生物科技篇講義（96 年 10 月 27~28 日）。台灣評鑑協會，台北市。

9. 潘震澤。2001。科學論文寫作與發表。藝軒圖書出版社，台北市。

10. Mathes, J.C. and Stevenson, D.W. 1976. Designing Technical Reports: Writing for Audiences in Organizations. ITT Bobbs-Merrill Educational Publishing Co., Indianapolis, IN, USA.

11. Zeiger, M. 1993. Essentials for Writing Biomedical Research Papers. McGraw-Hill, Inc., Singapore.

memo

memo

memo

memo

memo

國家圖書館出版品預行編目資料

科技論文寫作與發表 / 毛正倫編著. -- 第三版. --
新北市 : 新文京開發, 2018.07
　　面 ；　公分

ISBN　978-986-430-417-2（平裝）

1. 論文寫作法　2. 研究方法　3. 科技文獻

811.4　　　　　　　　　　　　　　107010168

科技論文寫作與發表（第三版） （書號：E337e3）

編 著 者	毛正倫
出 版 者	新文京開發出版股份有限公司
地　　址	新北市中和區中山路二段 362 號 9 樓
電　　話	(02) 2244-8188（代表號）
F　A　X	(02) 2244-8189
郵　　撥	1958730-2
初　　版	西元 2009 年 07 月 25 日
二　　版	西元 2012 年 09 月 10 日
三　　版	西元 2018 年 07 月 15 日
三版二刷	西元 2021 年 05 月 10 日